KB182473

돌아올 수 없는 섬, 군함도

근현대사
100년 동화

돌아올 수 없는 섬,
군함도 : 하시마 탄광 조선인 강제 징용

2판 1쇄 발행 2024년 12월 16일
글쓴이 김영숙 | **그린이** 박세영
펴낸이 홍석 | **이사** 홍성우 | **편집부장** 이정은 | **편집** 조유진 | **디자인** 권영은 · 김영주
마케팅 이송희 · 김민경 | **제작** 홍보람 | **관리** 최우리 · 정원경 · 조영행
펴낸곳 도서출판 풀빛 | **등록** 1979년 3월 6일 제2021-000055호 | **제조국** 대한민국 | **사용연령** 8세 이상
주소 서울특별시 강서구 양천로 583 우림블루나인 A동 21층 2110호
전화 02-363-5995(영업) 02-362-8900(편집) | **팩스** 070-4275-0445
전자우편 kids@pulbit.co.kr | **홈페이지** www.pulbit.co.kr | **블로그** blog.naver.com/pulbitbooks | **인스타그램** instagram.com/pulbitkids

ISBN 979-11-6172-980-0 74810 | 979-11-6172-540-6 (세트)

사진 122쪽 Jakub Hałun, 124쪽 Hisagi, 125쪽 Σ64

하시마 탄광 조선인 강제 징용

돌아올 수 없는 섬, 군함도

김영숙 글 | 박세영 그림

풀빛

참혹하고 고통스러웠던 징용자들의 삶

이 책은 살아 있는 역사를 눈앞에서 바로 만난 우연한 사건에서 시작됐어요. 일제 강점기에 일본으로 강제로 끌려갔다 온 홍승후 할아버지를 만났거든요. 할아버지는 징용자들의 아픔을 기억하고 기록하겠다는 말에 연거푸 고맙다고 하셨지요. 조금이라도 일찍 할아버지를 찾아뵙지 못한 것이 죄송했어요.

할아버지와 함께 징용에 끌려갔던 동료들은 이제는 대부분 돌아가셨어요. 우리나라가 광복을 맞이하고 어느 새 75년이 넘었어요. 그 사이에 우리는 일제 강점기의 역사에 무관심해져 버렸어요. 홍승후 할아버지처럼 강제 동원된 분들의 이름과 이야기는 국가기록원의 자료에는 나와 있지만, 어린이들에게는 잘 알려져 있지 않아요. 저는 할아버지의 손자의 손자 대 정도에 이르면 징용자들이 있었다는 기억조차 희미해지는 건 아닐까 염려스러운 마음이 들어요.

그사이 일본은 하시마(군함도)를 산업 유산으로 포장해 상품화하고 역사 지우기에 열을 올리고 있는데 말이에요. 일본은 가리고 싶은 게 있으니 더 화려하게 꾸미는 것이겠지요.

우리는 하시마의 속살에 주목해야 해요. 과거는 과거로 끝나는 것이 아니라 현재와 미래에 영향을 미치며 이어지고 있어요. 우리가 역사를 왜곡하려는 일본에 대응하려면 그들의 교묘한 포장술을 알아차릴 수 있어야 해요. 역사를 정확히 알고 바로 보는 안목을 가져야 해요. 알아야 이길 수 있고, 모르면 일본에 휘둘리던 아픈 역사가 되풀이될 수 있어요. 하시마는 아프고 슬픈 역사지만, 그 시간을 견디고 광복을 맞이한 선조들이 있었기에 지금의 우리가 있어요. 우리는 역사를 바로 알고 후대에 전해 주어야 해요.

이 이야기는 홍승후 할아버지와 같이 일제 강점기 때 징용으로 끌려간 분들의 실제 이야기를 바탕에 두고 쓴 동화예요. 일본의 강제 징용에 희생당한 수많은 이들의 이야기를 주인공 근태가 대신 전한다는 마음으로 글을 썼어요. 징용자들의 삶을 어디까지 묘사해야 하나 고민했는데, 이야기에 차마 다 담을 수 없는 참혹하고 고통스러운 삶이었다는 걸 기억해 주세요.

아픈 역사일수록 잊지 않고 기억해야 앞으로의 우리 역사도 든든히 지킬 수 있어요.

김영숙

차례

| 일러두기 |

* 이 책은 일본 하시마 탄광을 비롯해 일본으로 강제 징용되었던 분들의 인터뷰 내용을 바탕으로 상상력을 보태어 만든 창작 동화입니다.
* '군함도'는 하시마를 일컫는 다른 일본어 이름의 한자를 우리말로 읽은 것입니다. 그 외 일본어 표기는 외래어 표기법을 따랐습니다.

나는 대일본 제국의 신민입니다

이제 학교에서 조선말은 쓸 수 없다. 조선말을 쓰다 걸리면 바로 퇴학이다. 집에서는 조선말을 하는데 학교에선 일본 말만 하라니, 이거야말로 이중생활이 아닌가! 조선 사람한테 일본 사람으로 살라 하니 어렵다. 아버지가 그랬다. 일본 놈들이 날치기처럼 조선을 자기네 나라로 빼앗았다고. 그래서 이름도 일본식으로 바꾸라 하는 거란다.

나는 본래 장근태인데, '이등*근태'가 되었다. 다른 집들도 마찬가지다. 영철이는 본래 성인 김에 '가'를 붙여 '김가'란다. 김이나 김가나 그게 그거인데, 굳이 바꾸라 하니 참 억지스럽다. 이장 아저씨가 집집마다 쫓아다니며 창씨를 안 하면 제일 먼저 징용*을 보내거나 학교 다니는 애들은 모조리 퇴학

* 이등 : '이토(伊藤)'라고 읽는 일본 성의 한자를 우리말로 읽은 것
* 징용 : 일제 강점기에 일본이 침략 전쟁을 수행하려고 조선 사람들에게 노동을 강요한 일

을 시킨다고 으름장을 놓으니 어쩔 도리가 없다. 윗동네 어느 집은 창씨를 했는데 참 어처구니없는 씨를 붙였다지 뭔가. '개 견(犬)' 자로 창씨를 했단다. 조상님이 물려주신 성을 버린 '개 자식'이 되었다면서 말이다.

선생님은 일본과 조선이 한 몸이 되었다고 했다. 그래서 성도 일본식으로 바꾸고 말도 일본 말만 써야 한단다. 선생님은 하루아침에 마치 일본 사람이 된 것처럼 군다.

우린 학교에 가면 매일 '황국 신민 서사'를 목이 터져라 외친다. 조선말로 하면 이런 뜻이다. "나는 대일본 제국의 신민*입니다. 우리는 마음을 합쳐 천황 폐하에게 충의를 다합니다."라고 맹세를 한다. 매일 외운다. 하지만 그런다고 조선인이 일본인이 되는 게 아니지 않은가? 우습다, 정말. 그런데 선생님은 황국 신민 서사를 외우다 조금이라도 틀리면 매섭게 매를 들기 일쑤다. 그러며 부끄러운 줄 알라고 한다.

하지만 아버지는 그건 부끄러운 일이 아니라고 했다. 우린 조선인이라고. 그 진실은 결코 변하지 않는다고. 아버지는 내게 조선말을 절대 잊어버려서는 안 된다고 했다.

* 신민 : 백성

그나저나 얼마 전부터 옆집 만석이 형이 보이지 않는다. 마을 사람들은 형이 징용되어 전쟁터로 끌려간 거라 수군댔다. 만석이 형만이 아니다. 아랫마을 대추나무 집 아저씨와 골목 어귀에 사는 분이 누나도 사라졌다.

아버지는 마을마다 징용되어 끌려가는 사람들이 늘어났다고 했다. 일본 놈들은 조선 사람들을 강제로 데려가 일을 시킨다. 누구는 철도를 놓는 곳으로, 누구는 도로를 까는 곳으로, 누구는 무기 공장으로, 누구는 탄광으로……. 저 먼 북쪽 땅으로, 남쪽으로, 일본과 사할린과 같은 낯선 나라로도 끌려갔단다. 죽었는지 살았는지 그 소식도 알 길이 없다.

젊은이들은 군인으로 전쟁터로 불려 나가기도 한다는데, 총알받이가 아니고 무엇이겠냐며 아버지의 한숨이 깊었다. 아버지는 일본 놈들이 트럭을 타고 가면서 길을 가는 사람들을 납치해 끌고 간다고 했다. 아버지 얘기를 듣고 있으니 오싹했다. 나처럼 어린 남자아이들도 징용된다던데, 두렵고 서러워서 눈물이 났다. 선생님은 일본이 조선을 더 잘살게 하려고 한다 했다. 하지만 아버지는 일본이 다른 나라와 전쟁을 벌여서 조선의 것들을 빼앗아 가는 거라 했다. 남의 나라의 식민지라는 게 슬프고 비참하다.

아버지의 징용

학교에 가려고 대문을 나서려던 참이었다. 마을 이장님과 제복을 입은 일본 사람이 마당에 들어섰다. 인사하는 나는 본체만체하고 "어이, 석산이 있는가?" 하며 큰 소리로 아버지를 불렀다. 돌아보는 나를 일본 사람이 위아래로 훑어보았다. 눈이 유난히 가늘고 입이 툭 튀어나온 것이 매서운 느낌이었다.

이장님이 한 번 더 아버지를 부르자 아버지는 물론이고 부엌에 있던 어머니와 안방에 있던 할머니까지 나오셨다. 이장님은 대뜸 "자네, 일본 가야 쓰겠네."라고 말했다. 아버지가 갑자기 일본에 가다니, 왜? 나는 학교에 가는 것도 잊

은 채 이장님 말에 귀를 쫑긋 세웠다.

이장님은 옆에 있는 일본인을 두 손으로 공손히 가리키며 미쓰비시라는 일본 명문 회사의 직원이라고 소개했다. 그러고는 종이 한 장을 내밀며 아버지가 '일반 보국대*'로 뽑혔다고 했다. 황국 신민의 영예로운 산업 전사라며…….

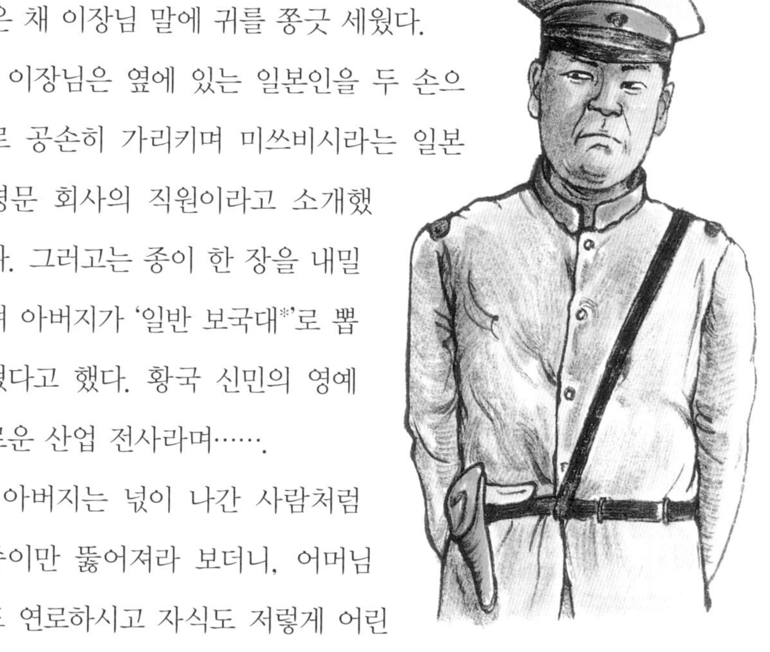

아버지는 넋이 나간 사람처럼 종이만 뚫어져라 보더니, 어머님도 연로하시고 자식도 저렇게 어린데 어떻게 징용을 가냐며 버럭 화를 냈다. 그러더니 이내 이장님 앞에 꿇어앉아 한 번만 봐 달라고 사정을 했다. 안절부절못하며 무릎까지 꿇는 아버지를 보니 가슴이 미어졌다.

이장님은 영장이 나와서 자기는 어쩔 수 없다며, 헛기침을 하며 먼 산만 봤다. 명문 회사 일본인은 못마땅한 표정을 짓고는 이장님에게 고갯짓을 했다. 그만 가자는 신호 같았다.

* 일반 보국대 : 조선 사람을 강제 노동에 동원하기 위하여 만든 노동자 부대

이장님은 아버지 어깨에 손을 얹으며 "이분 회사에 가서 일하면 월급도 받고 기술도 배울 수 있다는구먼. 너무 서운케만 생각 말고, 넓은 세상 경험하는 셈치게. 한밑천 잡으면 근태저 녀석 학교도 길게 보내고 좋지 않은가?"라고 말했다.

이장님 말대로 기술도 배우고 월급도 많이 받고 넓은 세상 구경까지 할 수 있다면 이장님이나 가지, 왜 가기 싫다는 아버지를 가라는 건가! 무엇보다도 아버지랑 헤어지는 건 섭섭해서 안 될 일이다.

며칠 뒤 이장님이 또 왔다. 방에 들어가서 이야기를 나누는 동안 잠시 큰 소리가 오가기도 했는데, 자세한 이야기는 들을 수 없었다. 이장님은 방을 나서며 자기도 어쩔 수 없다는 말만 되풀이했다. 보름 후에 군청 앞으로 늦지 말고 오라며 서둘러 대문을 나섰다. 보름 후라니, 믿어지질 않는다.

이장님이 대문을 나서기 전에 잽싸게 달려가 물었다. 이장님 말대로 진짜 일본에 가서 기술도 배우고 돈도 많이 버냐고, 전쟁터로 나가는 것이 정말 아니냐고, 아버지가 혹시 돌아오지 못하는 건 아니냐고 물었다. 그랬더니 이장님은 좋은 곳으로 가는 것이니 걱정하지 말라고 했다. 정말 월급도 주고, 2년만 일하고 집으로 돌아온다고. 그 말을 들으니 조금

안심이 되었다.

그런데 할머니랑 어머니에게는 아무 위로가 안 되었다. 이장님이 다녀간 후로 할머니는 몸져누웠고, 어머니는 눈물을 달고 지냈다. 아버지는 말하는 걸 잊어버린 사람 같다.

아버지가 집을 떠난다고 생각하니 잠이 안 온다. 대체 명문 회사란 곳은 뭐 하는 곳일까? 아버지는 어디로 가는 걸까? 우리가 가끔 아버지를 만나러 갈 순 없을까?

저녁상을 물리고 아버지가 나를 불렀다. 한참 말씀이 없으시더니 “근태야!” 하고 내 이름을 불렀다. 그러더니 또 말이 없었다. 내일이면 아버지랑 헤어진다 생각하니 눈물이 쏟아졌다. 가난해도 그냥 아버지랑 함께 살고 싶다.

아버지는 대뜸 정신 똑바로 차려야 한다고 말했다. 아버지가 없을 땐 내가 가장 노릇을 해야 한다고 했다. 아버지는 한숨도 쉬었다가 눈물도 흘렸다가 하면서 나를 꼭 안아 줬다. 내가 아버지한테 안 가면 안 되느냐고 물으니 가만히 고개를 저었다. 아버지는 자신이 안 가면 그 불똥이 내게 올 거라 했다. 이장님이 주고 간 것은 강제 징용 영장이었다. 징용 가서 소식도 끊기고 영영 돌아오지 못하는 사람이 수두룩한데. 이장님 말에 잠깐이라도 안도했던 내가 못났다.

천근만근 되는 돌덩어리가 내 속 어딘가에 들어서 속이 콱 막힌 것처럼 갑갑해졌다. 아무리 돈을 많이 준다고 해도 싫다. 강제로 끌려가야만 하는 아버지를 위해 아무것도 못 하는 내가 밉다. 슬프고 화가 난다.

다음 날 아침 일찍부터 어머니가 부엌과 마당을 분주히 오갔다. 할머니도 일찌감치 아버지 짐을 꾸리고 있었다. 먼 길 떠나는 아버지를 위해 어머니가 정성껏 차린 밥상이었지만 다들 먹는 둥 마는 둥 했다. 할머니는 아버지에게 많이 먹으라고 하면서도 눈물을 감추지 못했다.

어머니랑 나는 군청으로 향하는 아버지를 따라나섰다. 할머니도 함께 가겠다는 것을 아버지가 말려서 집에 남기로 했다. 할머니는 대문을 나서는 아버지에게 몸조심하라며 끝내 주저앉아 눈물을 터뜨렸다.

군청 마당에는 벌써 많은 사람들이 와 있었다. 족히 몇십 명은 될 것 같았다. 아버지 나이 정도의 아저씨들도 있고, 열예닐곱 살 정도로 보이는 형들도 여럿이었다. 나보다 키만 조금 컸지, 내 또래 아이들도 있었다. 심지어 소아마비로 몸이 불편한 사람도 보여 놀랐다. 언제든 나도 저 자리에 불려 갈

수 있겠다는 생각이 들자 오금이 저렸다.

군청 직원들이 징용자들 줄을 세우고 빨간 띠를 나눠 주며 어깨에 두르라고 했다. 이장님이랑 우리 집에 왔던 일본 사람도 와 있었다. 군수가 단 위로 올라가 비장한 목소리로 외쳤다.

"황국의 충성스러운 산업 전사로 뽑힌 것을 축하한다. 황국은 동양 평화를 위해 중대한 전쟁을 치르고 있다. 너희가 일본으로 가서 흘리는 땀방울은 전쟁에 중요한 자원이 될 것이다. 충성스럽게 의무를 다해 주기 바란다."

전쟁? 아버지가 전쟁터로 끌려가는 건가? 걱정되고 무서웠다. 사람들 사이에 섞인 아버지의 모습을 보고 또 보았다.

군수 말이 끝나기가 무섭게 징용자들은 덮개 달린 트럭에 올라탔다. 트럭에 탄 가족을 한 번이라도 더 보려는 사람들 때문에 마당은 아수라장이 되었다.

어머니와 나도 아버지가 올라탄 트럭 가까이 다가가 보려고 애를 썼지만 군청 직원들이 사람들을 뒤로 밀치는 바람에 아버지를 다시 보지는 못했다.

나는 아버지를 목이 터져라 불렀다. 울음이 터져 소리가 잘 나오지 않았다. 그래도 다시 부르고 또 불렀다. 트럭이 차례

차례 떠났다. 나와 어머니는 아버지를 떠나보낸 자리에서 부둥켜안고 울었다. 아버지란 이름만 불러도 눈물이 난다. 언제쯤 아버지를 다시 볼 수 있을까? 아버지! 꼭 살아 만나요!

아버지가 내가 집안의 가장이라 했으니 더 의젓해지려고 애쓰고 있다. 그런데 의젓해지기로 한 내 결심을 흔든 녀석이 있어 주먹을 쓰고 말았다. 뒷집 용팔이 녀석이 대뜸 "니네 아부지 징용 갔다며? 징용 가면 죽거나 병신이 된다는데, 니네 아부지는 어디로 갔냐?" 그러는 거다. 그런 놈한테 주먹을 아낄 이유가 없지 않은가? 욕을 한 바가지 퍼붓고 흠씬 패 줬는데도 분이 안 풀렸다. 다시 생각해도 분하고 밉다. 당장이라도 쫓아가 또 한바탕 패 주고 싶다.

아버지 소식은 언제쯤 들을 수 있을까? 일본으로 갔다는 것 말고는 아는 게 없으니 답답하고 걱정된다. 용팔이 그 멍청이 녀석의 말은 귀담아들을 게 못 되지만, 건강하게 잘 도착은 했는지, 먹고 자는 건 괜찮은지, 일은 할 만한지……. 모든 게 다 궁금하고 걱정된다.

아버지, 보고 싶어요! 부디 건강하세요!

하시마에서 온 편지

해가 바뀌어 아버지 소식이 더 궁금하던 참에 아버지 편지가 도착했다.

여보,

어찌 지내오? 나는 일본의 하시마에 왔소. 이곳은 오로지 석탄을 캐려고 만든 섬이라오. 생전 탄광 근처에도 가 보지 못한 내가 갱부로 일하다니, 아직도 믿기지 않소. 배고픔과 고된 노동에 시달린다오. 내가 버티는 힘은 오로지 가족뿐이라오. 가족 품으로 돌아갈 날, 그것만이 유일한 위안이고 희망이오. 부디 그때까지 건강하게 잘 지내시오.

근태야,

아버지가 했던 말 명심하고 있지? 정신 똑바로 차려야 한다. 네가 우리 집안의 기둥이다. 할머니와 어머니 잘 돌봐드리고,

부디 몸조심해라. 할머니는 글을 모르시니, 아버지 잘 지낸다 하더라고 전해 드려라.

하시마는 대체 어디에 있는 섬일까? 웬만해선 아프다는 말도 배고프다는 말도 안 하는 아버지가 힘들고 배고프다 할 정도라니. 편지에 담지 못한 이야기가 많을 것 같아 편지를 받고 보니 더 걱정이다.

명문 회사라더니, 돈도 많이 준다더니 전부 거짓이었던 모양이다. 이장 아저씨가 잘 알지도 못하면서 우리 아버지를 춥고 배고픈 곳으로 보낸 것인가?

아버지, 너무나 보고 싶어요! 부디 힘을 내세요. 꼭 다시 건강한 모습으로 만나요.

아버지가 들으면 속상할 테다. 올해부터 난 학교에 가지 않기로 했다. 학교 사친회비*를 못 내니 학교에 갈 수 없다. 아버지는 이제까지 돈을 보내 준 적이 한 번도 없다. 돈보다 아

* 학교 사친회비 : 학교 운영비

버지 소식이나 한 통이라도 더 오면 좋겠다. 소출*은 줄었는데 죄다 일본으로 걷어 가니, 학교 사친회비는커녕 세 식구 입에 풀칠하기도 힘든 형편이다.

뭐, 학교에 못 가도 괜찮다. 아버지 덕분에 이렇게 글도 쓸 수 있고, 일본 말도 곧잘 하니 이 정도면 됐다. 학교에 가 봤자 제대로 된 글은 안 배우고 돼지 치는 것, 돗자리 짜는 것, 군사 훈련만 하니, 다니나 안 다니나 매한가지다.

아버지는 일이 바쁜지 통 편지도 없다. 편지라도 자주 오면 좋으련만!

아버지, 건강히 잘 지내시나요? 무척 보고 싶어요. 부디 건강하세요!

일찍 일어나 마당을 쓸고 있는데 이장님이 마당에 들어섰다. 이장님을 보면 나도 모르게 미운 마음부터 올라와 인사도 하는 둥 마는 둥 했다. 할머니는 이장님한테 눈길도 안 준지 오래다. 이장님도 웬만해선 우리 집에 오길 꺼릴 만도 한데 아침 일찍 얼굴을 비치니 가슴이 철렁했다. 아버지 강제 징용 영장을 가지고 온 날도 이른 아침이었다.

* 소출 : 논밭에서 나는 곡식, 또는 곡식의 양

아니나 다를까? 이장님이 또 무슨 종이 한 장을 내미는 거다. 할머니가 이장님을 노려보며 악을 쓰듯 말했다.

"또 무슨 수작이여? 데려갈 테면 이 노인네나 데려가라, 이 놈들!"

할머니가 고래고래 소리를 지르니 이장님은 쉽게 말을 못 꺼냈다. 어머니가 불안한 눈초리로 이장님에게 대체 무슨 일이냐고 묻자 그제야 나쁜 일이 아니니 일단 진정부터 하란다. 할머니랑 어머니는 혹시라도 내 앞으로 나온 영장이 아닐까 걱정한 거다. 나만 한 남자아이들도 곧잘 징용으로 끌려가곤 하니 놀랄 수밖에.

이장님의 말은 정말 뜻밖이었다. 우리 가족을 일본 하시마로 불러들이는 영장이란다. 이게 나쁜 소식이 아니라면 대체 뭔가 싶었다. 어린애고 부녀자고 노인이고 싸그리 잡아다 뭔 일을 시키려고. 이장님은 아버지가 탄광에서 성실히 일을 잘해서 가족들을 불러다 같이 살게 해 주는 거란다. 모범 노동자에게 내리는 특별한 상이란다.

집도 주고 먹여도 주고 일하는 동안 같이 살다 오면 된다고 했다. 하긴 우리 아버지 성실한 거야 온 동네가 다 알아주니, 하시마가 아니라 어디를 가도 성실하게 일할 분이 맞다.

아버지를 만나게 되다니 믿을 수가 없었다. 어머니랑 할머니도 놀라서 뭐라고 말을 잇지 못했다.

할머니는 일단 의심부터 했다.

"네놈들 거짓말에 또 속을 줄 아느냐? 돈 벌게 해 준다고 끌고 가더니, 이제 별 이상한 구실을 붙여 가족까지 모조리 끌고 가려는 게지!"

어머니도 그게 사실이냐고 두 번, 세 번 물었다. 나도 이장님 말이 쉽게 믿어지지 않았다. 같이 살게 해 준다고 하고 또 어디 이상한 곳으로 데려가는 건 아닐까? 오히려 영영 아버지를 못 만나게 되는 건 아닐까? 별 생각이 다 들었다.

이장님은 사실이니 걱정 말라고 했다. 그런데 가족 중에 할머니는 제외되었다. 나이 든 할머니를 혼자 두고 가라니, 어머니와 나는 안 된다고 이장님에게 강하게 말했다.

이장님은 아버지 때도 그랬던 것처럼 이번에도 영장이 나왔으니 어쩔 수 없다는 말만 남기고 가 버렸다. 대체 무엇을 믿고, 무엇을 믿지 말아야 하는 것일까?

아버지가 상을 받은 게 사실이라면 그렇게 좋은 소식을 왜 편지로 전하지 않았을까? 가족을 볼 날만을 손꼽아 기다리며 버티는 아버지에게 그보다 더 좋은 일이 있을까? 마음이 뒤죽박죽 어지럽다. 할머니만 홀로 남긴 채 떠나야 하나?

이장님이 준 한 달이 어느 새 지나갔다. 내일이면 할머니를 두고 어머니와 함께 하시마로 간다. 그사이 이장님과 면사무소 직원들을 찾아다니며 할머니와 함께 가게 해 달라고 사정을 해 봤지만 소용없었다. 어머니는 할머니 이부자리며 옷가지, 드실 찬거리를 하나라도 더 준비하느라 정신없는 나날을 보냈다.

아버지에겐 여전히 편지가 없고, 내가 쓴 편지에 답도 없었다. 정말 아버지를 만날 수 있는지, 어디로 끌려가는 건 아닌지 불안하고 답답하다. 홀로 남은 할머니에겐 무슨 변이라도 생길까 걱정이다.

아버지를 만나도 걱정, 못 만나도 걱정이다. 일본에 가도, 집에 있어도 가시방석이다. 왜 조선인은 맘대로 못 하는 것이 이리도 많은가?

어머니와 나는 아침 일찍 군청으로 향했다. 징용 가는 사람들과 가족들이 한데 섞여 지난번보다 더 혼잡했다. 어머니와 나는 한 번 와 봤던 터라 우왕좌왕하지 않았다. 아버지처럼 홀로 가는 것이 아니라 어머니와 함께 있어 조금은 안심이 됐다. 트럭에 실려 가는 동안에는 바퀴 달린 차가 굴러가는 것이 마냥 신기했다. 새로운 경험을 하니 낯선 땅에 간다는 것도 조금 실감이 나는 것 같았다.

트럭에서 내려서 기차를 타고 부산이란 곳으로 갔다. 생전 처음 타 보는 기차는 창문이 없는 화물 열차였다. 트럭을 탈 때도, 기차를 탈 때도 짐짝 취급을 당하는 기분이 들었지만 곧 아버지를 만날 수 있다는 것만 생각했다. 무엇보다도 어머니가 함께 있어서 힘이 났다.

부산역에 도착하니 이미 역 마당은 사람들로 북적였다. 이토록 많은 사람들이 모여 있는 것을 처음 보았다. 신기하기도 했지만 겁이 나기도 했다. 혹여 어머니를 놓칠세라 어머니 치맛자락을 꼭 붙들었다.

부산에서 배를 타고 일본으로 간다고 했다. 이장님 말이 사실이라면 곧 아버지를 만날 수 있다. 정말 그렇게만 된다면 세상 부러울 것이 없다. 하지만 집에 남겨 두고 온 할머니만 생각하면 마음이 먹먹하다. 눈물을 보이며 언제 다시 볼지 모르겠다고 하던 할머니 얼굴이 선하다.

할머니, 부디 건강하게 계셔야 해요. 우리 꼭 돌아갈게요!

1527

기묘한 섬

부산항에 서 있는 엄청나게 커다란 배를 보고 기가 질렸다. 배의 끝과 끝을 살필 수 없을 정도였다. 항구엔 각지에서 모인 사람들이 가득했다. 이토록 많은 사람들이 배를 타고 일본으로 간다니, 일본이 치르는 전쟁이 얼마나 대단하기에 이렇게 많은 조선인이 필요한 걸까?

일본인 감독들은 사람들이 조금만 한눈을 팔거나 움직여도 욕을 하며 멱살잡이를 했다. 난 너무 무서워서 어머니 옆에 더 꼭 붙어 있었다. 종일 굶어 너무나 배가 고팠다. 어서 배에 올라 아버지가 있는 곳으로 가고 싶은 마음뿐이었다. 다행히 배에 오르기 전에 주먹밥 한 덩이씩을 나눠 줬다. 그러나 배를 채우기에는 너무나 적었다. 어머니는 속이 안 좋다며 어머니 주먹밥까지 내게 주었다.

사람이 많으니 배에 올라타는 시간만 해도 꽤 걸렸다. 선실마다 사람들이 빽빽이 들어차서 발 뻗을 틈조차 없었다. 배에 탄 사람이 자그마치 3천 명이 넘는다고 했다. 어떤 선실에는 남자들만 모아 놓기도 했는데, 우리 선실에는 내 또래 아이들과 여자들이 더러 보였다.

배가 출발한 때는 이미 늦은 저녁이었다. 배가 많이 출렁거려 주먹밥 먹은 것이 다 올라왔다. 다들 멀미를 하느라 정신없었다. 그걸 보니 더 속이 좋지 않았다. 사람이 많고 비좁아서 밖으로 나갈 수가 없었다. 선실 입구마다 일본인 감독들이 지키며 우릴 감시했다.

멀미를 하다 기절하듯이 잠이 들었다. 눈을 떠 보니 어머니 품이었다. 잠은 깼지만 힘이 없어 그냥 어머니 품에 계속 안겨 있었다. 키가 아주 작은 감독이 문을 벌컥 열더니 "기상! 기상! 시모노세키항에 도착했다!"라고 소리쳤다. 다른 감독들도 선실을 돌며 사람들을 깨우는 것 같았다. 주섬주섬 짐을 챙겼다. 속이 비어서 힘이 없었다.

항구에 도착하자 일본인 감독들은 사람들을 줄 세워 짐을 검사했다. 짐 검사가 오래 걸려 서 있을 기운도 없었다. 어제도 굶다시피 했는데 멀미까지 해서 속이 텅 빈 탓이었다. 다행히 짐 검사를 마친 사람들에게는 주먹밥을 나눠 주었다. 잡곡으로 만든 주먹밥 안에 단무지 한 쪽이 들어 있었다. 역시나 양이 너무나 적었다. 이번에도 어머니는 반쪽을 나눠 내게 주었다. 난 너무나 배가 고파 염치도 없이 어머니 주먹밥까지 다 먹어 버렸다.

주먹밥을 먹고 한숨 돌릴 새도 없이 다시 배에 올랐다. 애초에 타고 왔던 배가 아니라 그보다 작은 배였다. 하시마로 가는 일행만 따로 태우고 가는 듯했다. 족히 몇십 명은 되어 보였는데, 우리와 같은 선실에 있던 사람들도 눈에 띄었다.

배가 움직이자 아버지를 곧 만난다는 생각에 갑자기 가슴이 뛰었다. 아버지, 조금만 기다려 주세요!

작은 배에 옮겨 타고 한참을 달리자 저 멀리 정말로 섬 하나가 보였다. 참 기묘한 느낌을 주는 섬이었다. 섬인 것 같기도 하고 아주 큰 배가 한 척 떠 있는 것 같기도 했다. 아니, 섬이라기보다는 물에 떠 있는 감옥 같았다. 왠지 모르게 무서운 느낌이었다. 섬에는 나무 한 그루 보이지 않았다. 오직 검회색의 높다란 벽만 보였다.

저곳 어디에 탄광이 있다는 걸까? 아무리 봐도 탄을 캘 만한 곳은 없어 보였다. 다만 커다란 굴뚝이 드문드문 눈에 띄었다. 혹시 아버지를 만나게 해 준다는 구실로 나와 어머니를 이상한 감옥으로 데려온 것이 아닐까 하는 생각이 스쳐 갔다. 섬에 가까워질수록 아버지가 일한다는 탄광이 아닌 다른 곳으로 끌려왔다는 확신이 들었다.

배가 섬에 닿았지만 나는 어머니를 꼭 붙들고 떨어질 줄을 몰랐다. 그때였다. 감독관 하나가 내 어깨를 몽둥이로 내리치며 소리를 질렀다.

"목적지에 닿았으면 내려야지. 멍청한 조센진 같으니!"

어머니가 놀라 어린아이를 왜 때리냐며 소리를 질렀다. 어머니의 목소리와 표정에도 두려움이 가득했다. 난 어깨가 너무나 아팠지만 얼른 어머니 손을 잡아끌었다. 엄마에게도 몽둥이가 날아오지 않을까 두려웠기 때문이다. 어머니와 나는 사람들 행렬에 섞여 드디어 하시마에 발을 내딛었다.

배는 사람들을 내려 주고 방향을 돌려 왔던 길로 가 버렸다. 배가 떠나는 걸 보니 정말 섬에 갇힌 느낌이 들었다. 감독에게 맞은 곳이 계속 욱신거렸다. 어디선가 또 몽둥이가 날아오지 않을까 눈치를 살피면서 섬을 흘낏흘낏 둘러봤다.

멀리서 본 시멘트 벽은 가까이 보니 장정 몇 명의 키를 합친 것보다 훨씬 높았다. 저 벽을 넘는 건 불가능해 보였다. 하기야, 벽을 넘는다 해도 벽보다 높게 들이치는 파도에 바로 휩쓸려 버릴 것이다.

벽을 따라 높은 망대가 있었다. 감시하려고 세운 망대인 것을 한눈에 알 수 있었다. 감옥 같다는 느낌은 도무지 지워지지 않았다. 섬 안엔 높다란 시멘트 건물이 곳곳에 여러 채 서 있었다. 공사 중인 곳도 있었다. 건물 공사 현장을 보니 사람 사는 곳은 맞구나 싶었다. 위로 높이 쌓아 올린 시멘트 건물은 서양식 집으로, 아파트라고 했다.

섬의 꼭대기에는 신사*가 있었다. 그 밑에는 관리소장의 사택, 그 아래에는 관리인 아파트, 그 아래엔 일본 광부들의 아파트가 있었다. 가장 낮은 끄트머리에 조선인 숙소가 있었다. 섬에서의 계급이 한눈에 보였다.

조선인 숙소는 아파트와 동떨어져 있었다. 낮고 후미진 바닷가 근처에 두 동짜리 건물이 초라하게 서 있었다. 창문에는 쇠창살이 쳐 있고, 근처에 높다란 감시탑이 서 있었다. 우리 일행을 인솔한 감독은 낡은 건물 앞에 멈춰 서더니 이제부터 여기서 생활하게 될 것이라 했다. 가족이 오면 집을 준다 해서 아파트에 들어가 사나 했는데, 그게 아닌 모양이었다.

어머니와 나에겐 아주 작은 방이 배정되었다. 여러 사람이

* 신사 : 일본에서 왕실 조상이나 신 또는 국가에 공로한 사람을 신으로 모시는 사당

모여 지내는 다른 방들보다 훨씬 작았다. 발이나 뻗을 수 있을까 싶었다. 앉지도 서지도 못하고 두리번거리고 있을 때 반장이란 사람이 나타나 말했다.

“운 좋은 줄 알아. 다른 방에는 스무 명씩 들어간다고. 여긴 가족이라고 특별히 방 하나 내준 거니 그리 알아.”

맙소사! 이 좁은 곳에 스무 명이라니. 반장은 조선 사람이었다. 일본 말로 하다 일본인 감독이 사라지니 조선말로 지껄였다.

그나저나 아버지가 없었다. 아버지랑 같이 살게 해 준다고 우리를 불러들인 것 아닌가? 일본 말이 서툰 어머니는 안절부절못했다. 그래서 내가 우리 아버지는 어디 있냐고 반장에게 물었다. 반장은 눈을 부라리더니 여기서는 질문은 필요 없다며 윽박질렀다. 때 되면 만날 테니 기다리라고 했다. 정말 재수 없게 생긴 반장이었지만 아버지를 곧 만난다는 말은 반갑기만 했다. 반장은 복도를 돌아다니며 짐을 놓고 다시 모이라고 소리를 질렀다. 어머니를 따라 부랴부랴 건물 밖으로 나갔다.

반장을 따라간 곳은 조그만 사당이었다. 바로 신사였다. 이렇게 외딴섬에도 신사를 지어 두고 참배를 시키다니, 경건하기는커녕 지독하다 느꼈다. 반장은 매일 당번을 정해 사당 청소를 해야 한다고 말했다. 반장이 시키는 대로 우리는 절을 하고 "덴노헤이카반자이(천황 폐하 만세)!"를 세 번 외쳤다. 학교 다닐 때 늘 하던 거였다.

합숙소 앞으로 다시 모여서는 입소식을 했다. 너무 배가 고파서 쓰러질 지경이었지만 조금만 움직여도 몽둥이를 든 반장이 달려올 것 같아 죽을힘을 다해 버텼다.

입소식을 마치고 드디어 식당에 갔다. 식당에 들어서는 순간 된장국 냄새가 코를 찔렀다. 음식 냄새를 맡자 더 배가 고팠다. 그런데 식사라고 나온 것은 주먹밥 한 덩어리에 건더기도 없는 일본 된장국이 다였다. 주먹밥을 입에 넣고 씹는데, 이건 난생 처음 먹어 보는 맛이었다. 거칠고 까슬해서 목으로 넘어가지 않았다. 살펴보니 말이 주먹밥이지 기름을 짜고 남

은 콩깻묵에 잡곡을 조금 섞어 둥글게 뭉쳐 놓은 것이었다. 땅에 뿌리는 거름으로나 쓸 것을, 소를 줘도 안 먹을 것을 어찌 사람에게 준단 말인가?

하지만 그런 걸 따질 형편이 아니었다. 콩깻묵이 아니라 흙도 씹어 먹을 지경이었다. 순식간에 주먹밥을 먹어 치우고 된장국도 단숨에 마셨다. 오랜만에 뜨거운 국물이 들어가니 살 것 같았다. 어머니가 주먹밥 반을 또 나눠 주었다. 마음속으로는 어머니도 배가 고플 것이라고 생각했지만, 내 손은 벌써 어머니 주먹밥까지 입에 넣고 있었다. 그래도 여전히 배가 고팠다. 늘 이런 것만 먹고 사는 건 아니겠지. 이렇게 먹었다가는 사흘도 못 가 쓰러질 테다. 아버지를 만나면 제대로 먹고 살 수 있겠지. 위안을 삼으며 입맛을 다셨다.

그나저나 아버지는 어디에 있는 것일까? 코딱지만 한 섬인데 왜 우리에게 달려오지 않는 것일까? 탄광은 대체 어디 있다는 것인지, 여전히 풀리지 않는 수수께끼 같았다.

검은 해골

어머니와 나는 엉덩이 한번 붙일 새도 없이 합숙소 주변을 청소하라는 반장의 말에 분주히 움직였다. 어느새 노을이 지고 있었다. 고향에서 보던 노을은 따뜻하고 예뻤는데 낯선 곳에서 보니 야속하고 슬프기만 했다.

아버지 얘기를 다시 묻기가 겁나서 어머니와 방에 들어와 있었다. 다다미방*의 바닥은 어찌나 더럽고 축축한지 엉덩이를 붙일 엄두가 나지 않았다. 사람이 있어도 아무렇지 않게 기어다니는 바퀴벌레와 벼룩 때문에 앉을 수도 누울 수도 없었다.

집을 나선 지 겨우 이틀째인데, 두 달은 족히 지난 것 같았다. 트럭과 기차, 배를 갈아타면서 하시마까지 왔다. 하지만 여기가 정말 하시마인지, 아버지는 왜 여태 나타나지 않는지, 앞으로 무슨 일이 일어날지 도무지 알 수가 없었다.

* 다다미방 : 일본식 돗자리를 바닥에 깐 방

이런저런 생각에 잠겨 있는데, 갑자기 방문이 열리는가 싶더니 웬 시꺼먼 사람이 서 있었다. 두 발로 서 있고, 머리와 몸통이 있는 것을 보니 사람인 건 분명한데, 얼굴이며 손이며 온통 새까만 것이 도무지 사람 같아 보이지 않았다. 어찌나 삐쩍 곯았는지 해골이 서 있는 것 같았다. 볼품이 없는 걸 넘어 흉측한 모양새다. 하시마의 귀신이 아닌가 싶어서 난 어머니의 팔을 와락 끌어안았다.

어머니가 놀라서 "뉘시오?" 하고 물었다. 그랬더니 갑자기 그 검은 해골이 "근태야!" 하고 내 이름을 부르는 게 아닌가? 난 너무 무서워서 그만 울음을 터뜨렸다. 어머니도 놀라서 다시 누구냐고 물었다. 그런데 검은 해골은 말이 없었다. 그러더니 "여보, 나요."라는 것이다. 난 너무 놀라 그 검은 해골의 얼굴을 용기 내어 쳐다봤다. 검은 얼굴에 눈물이 흐른 자리가 하얀 줄을 그었다. 어머니가 벌떡 일어서며 "그, 근태 아버지?"라고 물었다. 검은 해골은 고개를 끄덕이며 방으로 뛰어들었다. 근태 아버지라면 내 아버지가 아닌가?

검은 해골이 우리 가까이 왔다. 난 검은 해골의 얼굴을 자세히 살펴보면서도 어머니 팔에 더 세게 매달렸다. 검은 해골은 계속해서 울고 있었다. 언젠가 봤던 아버지의 우는 모습과

겹쳐졌다. 징용 가기 전에 봤던 아버지의 그 모습.

"아버지?"

내 입에서 비로소 아버지라는 말이 나왔다. 어머니는 우느라 말을 잇지 못했다. 나는 아버지를 만났는데도 하나도 기쁘지가 않았다. 어떻게 사람 모습이 이렇게 변할 수 있나 싶어서 기가 막혔다. 뼈만 앙상한 이 검은 해골이 도무지 우리 아버지라고는 생각할 수 없었다. 눈물을 아무리 흘리고 닦아도 아버지의 피부는 여전히 거무죽죽했다. 아버지와의 만남은 처참했다.

대체 어디에 있었냐는 물음에도 아버지는 말을 쉽게 잇지 못했다. 그냥 몇 번이고 우리를 품에 안았다. 아버지의 품도 예전 같지 않았다. 볼에 닿는 까칠한 피부도, 쉿소리가 나는 목소리도, 충혈되고 탁해진 눈동자도, 그 무엇 하나 아버지의 본래 모습은 남아 있지 않았다.

이따금씩 보초 서는 반장의 고함 소리가 들렸다. 말소리가 새어 나갈까 맘 편히 얘기도 나눌 수 없었다. 억지로 자리에 누웠지만 잠을 이룰 수 없었다. 하시마에서의 밤이 깊어만 갔다.

까무룩 잠이 들었나 보다. 반장의 앙칼진 목소리가 복도 곳곳에 울려 퍼졌다. 눈을 뜨니 아버지가 나를 내려다보고 있었다. 아침에 보는 아버지의 얼굴은 더욱 처참했다. 몇십 년은 늙은 모습이었다. 너무 마르고 어디 하나 성한 곳이 없었다.

아버지는 빨리 나가지 않으면 봉변을 당한다며 서둘러 자리에서 일어났다. 언제나 침착하고 자상한 아버지가 무언가에 쫓기는 듯한 모습이었다. 아버지는 불안해 보였다. 잔뜩 움츠려 있었다. 아버지만 그런 게 아니었다. 불안한 표정의 사람들이 우르르 모여 나가고 있었다. 익숙한 듯 움직이는 사람들 얼굴에 표정이 없었다. 깡마른 유령들처럼 보였다.

합숙소 마당에서 인원 점검이 끝나자 모두 사당으로 발걸음을 옮겼다. 아침마다 치르는 일 같았다. 그러고는 합숙소 주변을 청소했다. 어제와 다를 게 없었다. 식사 역시 콩깻묵 주먹밥. 아버지의 몰골이 왜 그렇게 해골처럼 되었는지 이해가 되었다.

식사를 마치고 나니 어디선가 아버지처럼 시꺼먼 일행이 몰려왔다. 아버지와 교대하는 조라고 했다. 아버지에게 탄광이 어디 있냐고 물으니 바다 밑에 있다고 했다. 바다 밑에 탄광이라니, 쉽게 이해가 되지 않았다. 헤엄을 치면서 탄을 캐는 거냐고 물으니, 바다 밑에 산이 있는데 그 산을 뚫어 굴을 만들고 굴에서 탄을 캐낸다고 했다. 바닷물이 안 들어가는지 물으니, 가끔 물이 들어오기도 한단다.

아버지는 손에 도시락 하나를 들고 다시 탄광에 들어가야 한다고 했다. 어제도 늦은 밤에 들어왔는데, 또 새벽같이 일하러 가다니! 뼈만 앙상한 아버지가 쓰러지기라도 할 것 같아 걱정이 되었다. 아버지는 걱정 말라며, 열심히 해서 목표량을 일찍 채우겠다고 말했다. 주변 이야기를 주워들으니 목표량이 늘어서 탄광에 있는 시간이 더 길어진 모양이었다. 걱정 말라는 아버지 말에도 마음이 불안했다.

아버지를 따라가 배웅을 하고 싶었지만 반장이 남은 사람들에게 다시 합숙소 마당에 모이라고 소리를 쳤다. 현장 투입식을 한다고 했다. 이번에는 어머니와 나를 다른 줄에 세웠다. 어머니랑 떨어져서 일을 해야 했다. 아버지가 모범 노동자여서 가족을 불렀다 했는데, 결국 가족들도 일을 시켜 부려먹으려는 것이었다. 서글펐다. 아버지의 앙상한 얼굴이 떠올랐다. 몸을 움직이면 언제 몽둥이가 날아올지 모르는데도 어머니가 있는 쪽으로 자꾸만 눈이 갔다.

"제군들도 이제부터 현장에 투입된다. 오늘부터 대일본 제국의 용맹스러운 산업 전사가 되어 전투에 직접 참여하는 것이다."

어머니는 식당으로, 나는 감독들과 반장들이 머무르는 사무실로 갔다. 나 말고도 내 또래의 아이들이 몇 명 더 있었다. 어머니와 처음으로 떨어지니 마음이 두렵고 불안했다.

일본인 아파트 단지를 지나 한참 걸어 모퉁이를 돌아서면 관리자들의 사무실이 있었다. 바다 가까이 철로 장치도 보였다. 그 길을 따라가니 "갱구"라고 적힌 구멍이 보였다. 아버지가 말한 바다 밑 탄광으로 통하는 구멍이 틀림없었다.

갱구 주변에는 커다란 쇠수레가 여러 대 서 있었다. 감독은 사무실을 청소하고 나서 그 쇠수레를 모두 닦고 기름칠을 하라고 했다. 감독은 내가 일본 말을 잘 알아들었기 때문에 데려왔다며, 운이 좋은 줄 알라고 했다. 다른 아이들은 공사 현장이나 채탄장으로 내려가 허드렛일을 한다면서 말이다.

그러나 내 일도 만만치가 않았다. 수레 한 대를 닦는 데도 힘이 많이 들었다. 솔로 문지르고 걸레로 닦아도 쉽게 닦이지 않았다. 조금이라도 손을 멈추면 감독은 나를 발로 걷어차며 놀러 왔냐고 소리를 쳤다. 게으름을 부리면 탄광으로 보내 버리겠다고 했다.

있는 힘을 다해 석탄을 털어 내고 닦았지만, 일이 줄어들 기미가 보이지 않았다. 점심때가 지나도록 밥을 먹을 수도 없었다. 감독은 몽둥이를 들고 와서 내 등을 내리쳤다. 게으른 조센진이라고 욕도 했다. 그때, 누군가 감독을 불렀다. 현장으로 오라는 말 같았다. 감독은 운 좋은 줄 알라며 나를 발로 누른 후 가 버렸다. 같은 조선 사람이 아닌가! 밭을 가는 소도 이렇게 때리지 않는다. 아픈 곳도 고통스러웠지만 마음이 비참했다.

저녁까지 굶고 수레를 다 닦고 나서야 합숙소로 돌아올 수 있었다. 어머니가 몰래 숨겨 온 주먹밥을 줘서 먹었다. 눈물이 나서 목이 메었다. 늦게 돌아온 아버지도 나를 보고 우셨다. 아버지는 이곳은 지옥 섬이라고 했다. 다들 그렇게 말한단다. 갱구 입구를 들어설 때마다 살아서 나올 수 있을까 하는 두려운 마음으로 들어간다고 했다.

아버지는 내 등을 쓸어 주며 무슨 일이 있어도 참고 견뎌야 한다고 했다. 감독들한테 밉보이면 나이에 상관없이 탄광에 끌려 내려와서 일을 한다고 했다. 아버지는 강하게 말했다. 무조건 살아 돌아가야 한다고.

나는 사무실로 두 번 다시 가고 싶지 않다고, 차라리 아버지랑 같이 탄광에서 같이 일하고 싶다고 말했다. 그러자 아버지는 매섭게 그건 절대로 안 된다고 했다. 무슨 일이 있어도 탄광에 들어오는 일이 생겨서는 안 된다고 못을 박았다. 나 같은 어린아이가 들어와서 버틸 수 있는 곳이 아니니 사무실에서 어떻게든 버티라고 했다.

난 아버지가 내 사정을 헤아려 주지 않는 것 같아 야속했다. 또다시 감독들 심부름을 하러 가는 건 생각만 해도 싫은데 계속 견디라고만 하니 서운했다.

감독한테 맞은 곳이 아파서 눕는 것도 쉽지 않았다. 내일 다시 같은 일을 해야 한다는 부담감이 목을 옥죄는 것 같았다.

할머니가 보고 싶다. 무조건 내 편을 들어주는 할머니가 있는 집으로 어서 돌아가고 싶다. 다른 것은 아무래도 좋았다. 집으로만 가면 소원이 없겠다.

일이 손에 익을수록 힘겨웠다. 더 많은 일을 시키기 때문이다. 갱도 안은 바닷물의 소금기와 석탄가루가 늘 범벅이 되어 수레바퀴가 금방 뻑뻑하게 녹이 슬었다. 사람이든 석탄이든 갱도 안에서 굴러가다 멈추거나 엎어지면 여간 낭패가 아니다. 그러니 청소와 기름칠을 잘 해 두는 것이 중요했다.

일도 손에 익고 일본 말도 곧잘 해서 감독들에게 매를 맞는 일은 많이 줄었다. 그런데 내 뒤로 온 경상도 아이는 일본 말이 서툴러 하루에도 몇 차례씩 매를 맞거나 발에 채이곤 한다. 학교도 안 다니고 산골 마을에서 나무만 하던 아이라 일본 말이 서툰 건데 참으로 무지막지하게 다룬다. 심부름을 할 때도 뭘 가져오라는지 잘 못 알아들어 낭패를 볼 때가 많다. 내가 가까이 있을 때는 눈치껏 귀띔을 해 주기도 한다.

그 아이도 나처럼 가족들과 함께 들어왔다. 돈도 주고, 집도 주고, 여기 오면 학교도 보내 준다고 했단다. 부아가 치밀어서 이가 절로 갈린다.

아버지는 하루 2교대 근무여서 아침 일찍 갱도로 내려가는 날에는 밤이 되어서야 온다. 밤 근무에 들어가는 때는 아침에 나와 잠을 자야 하니 아침에 나가 일하는 우리와 얼굴을 마주하기도 힘들다. 배고픔에 허덕이고 노동에 치여 사니, 함께 있어도 이야기를 나누거나 위안을 삼기도 어렵다. 어머니도 몰라보게 수척해졌다. 아버지는 말할 것도 없다.

아버지와 어머니의 근심과 걱정은 날로 늘어만 갔다. 반장이나 감독들은 툭하면 나를 탄광으로 보내 버리겠다고 으름장을 놓으며 꼼짝을 못 하게 한다.

아버지가 탄광에서 일하는 건 절대 안 된다고 호되게 소리를 쳤던 이유를 이제는 알 것 같다. 하루가 멀다 하고 탄광에서 사람이 죽어 나왔다. 갱도가 무너져서 멀쩡히 들어갔던 사람이 죽어서 나오는가 하면, 맞아서 죽고, 병들어서 죽고, 심지어 지옥 섬에서 죽느니 도망가다 죽겠다고 물에 뛰어 들었다가 죽는 사람들도 많았다.

한번은 바닷가에서 나고 자란 수영을 잘한다는 아저씨가 여기서 죽나 물에 빠져 죽나 마찬가지 아니냐며 헤엄쳐 건너 섬까지 가려 했단다. 도무지 헤엄쳐 갈 거리가 아닌데. 그럼에도 난 아저씨가 살아 도망쳤기를 간절히 바랐다.

이곳에선 탈출을 시도하다 걸리면 고문과 매질로 결국 목숨을 잃었다. 지옥 같은 삶처럼 죽음마저도 참혹했다. 심하게 맞아서 두개골이 깨지거나 내장이 밖으로 나온 시신들도 여럿 보았다. 그런 걸 보면 며칠 동안 악몽에 시달리곤 했다.

갈수록 바다를 멍하니 바라보는 날이 많아졌다. 물속으로 뛰어들고 싶다는 생각이 간절하게 드는 것이다. 정말로 도망칠 방법이 없을까를 궁리하다 주변을 둘러보면 더 숨이 막혔다. 높은 벽 위로 철썩이는 성난 파도는 내 생각을 삽시간에 사라지게 만들곤 했다. 왜 그렇게 담을 높이 쌓았는지, 높은 망대에서 왜 보초를 서는지 이제는 안다. 언제까지 우린 이 감옥에, 아니 이 지옥에 갇혀 있어야 하는가! 삶인가, 지옥인가!

아버지, 어머니, 나 모두 뼈 빠지게 일하지만 월급은커녕 빚만 늘어 갔다. 우리 가족 모두가 일하니 적어도 할머니에게 보낼 돈 몇 푼은 떨어질 줄 알았다. 그러나 아버지와 어머니는 숙련공이 아니란 이유로, 나는 어린이란 이유로 턱없이 임금이 낮았다. 거기서 식사비와 숙박비를 제하면 우리 가족 월급의 반 이상이 날아간다. 벼룩이 들끓는 이불조차 사용료를 물리니 말 다했다. 속옷이며 세금, 건강 보험료, 각종 구실을 붙인 세금을 떼고 나면 남는 게 거의 없다. 거기에 곡괭이, 삽, 모자, 작업복 따위의 모든 물품을 우리가 돈을 내고 빌려 써야 한단다. 탄광을 운영하는 회사 미쓰비시에서 지급하는 것은 사실상 아무것도 없었다. 어쩌다 남는 돈이 있어도 저금을 명목으로 아예 월급에서 떼어 버렸다. 사정이 이러니 죽도록 일하고도 돈 한 푼 만져 보는 일이 없는 것이다.

오늘은 어떤 감독의 심부름으로 아파트 단지 사이에 자리 잡은 술집에 갈 일이 있었다. 술집에서는 일본인 감독들이 삼삼오오 모여 술을 마시고 있었다. 볼이 발그레한 감독들은 웃고 떠들며 한껏 흥에 들떠 있었다. 탄광에 갇혀 해골처럼 말라 가는 우리 아버지 얼굴이 겹치면서 가슴에서 뜨거운 것이 올라오는 것 같았다. 손바닥만 한 섬에서 일본인과 조선인의 삶이 이리도 다른가 싶으니, 서러운 걸 넘어 화가 치밀었던 것이다.

탄광에서 일하는 노무자 중에는 일본인도 있지만, 그들은 폭탄을 터뜨려 굴을 뚫는 발파 작업이나 갱부들이 캔 석탄을 고르는 선탄부 같은 안전한 일만 한다. 일본인은 우리 아버지처럼 막장에 들어가 곡괭이로 석탄을 캐고 나르는 고된 일을 맡지 않는다. 월급도 제대로 많이 받는다. 섬에 들어오는 싱싱한 수산물을 맘껏 배불리 사 먹는다. 시간 맞춰 퇴근하고, 바닷물 들이치는 축축한 합숙소가 아니라 쾌적한 아파트에서 지낸다. 우리랑 먹는 음식도 다르고, 쉬는 날에는 식당이나 술집도 간다.

조선인은 지옥 섬에 끌려온 노예나 다름없다. 하루 12시간도 모자라 목표량을 채우지 못하면 밥도 못 먹고 18시간을 탄을 캐야 한다. 죽지 않고 살아 나오는 것이 신기할 지경이다. 감옥보다 못한 숙소에서 잠깐 눈을 붙이고 지옥 같은 바다 밑으로 들어가는 것이다. 술집에서 일본인들이 노닥거릴 때 우리 아버지는 바다 밑에서 죽음과 싸우고 있는 것이다.

일본인 감독들 대부분이 일본에서 중범죄를 저지른 죄수들이라고 했다. 감옥살이 대신 여기서 조선인들 잡는 일을 하는 것이다. 아무리 죄수들이라고 해도 그렇지, 차마 짐승한테도 못 할 짓을 인간에게 한다. 어찌나 악랄하게 구는지, 정말 끔찍하다. 정말 이곳은 말 그대로 생지옥이다.

나라가 없는 설움이란 이런 것이로구나! 조선과 일본이 하나라는 거짓 선전은 부려 먹을 때 편하려고 하는 말이다. 조선은 어쩌다 일본의 먹잇감이 되었단 말인가? 참으로 서럽고 더러운 곳, 이곳에서 빨리 벗어나고 싶다.

막장

밤이 깊었는데 아버지가 돌아오지 않았다. 아버지는 오늘도 목표량을 채우지 못한 모양이라며, 어머니가 깊은 한숨을 내쉬었다.

그때였다. 방문이 열리더니 아버지와 같은 조로 일하는 임씨 아저씨가 아버지를 등에 업고 또 다른 아저씨가 옆에서 부축하고 있었다. 아버지는 신음 소리조차 내지 못했다. 얼굴이며 팔이며 다리며 검은 탄가루에 검붉은 피가 엉겨 있었다.

아버지를 급하게 자리에 누이는데 다리를 만지자 비명을 질렀다. 낮에 아버지가 들어간 막장 바로 옆에서 발파 작업을 하는데 그 진동으로 아버지가 있던 막장 천장에 있던 돌이 엎드려 일하던 아버지 다리 위로 떨어졌다는 것이다.

아저씨들은 아버지 머리 위로 떨어지지 않은 것이 천만다행이라고 했다.

낮에 다쳤다면서 왜 이제야 나왔냐고 물으니, 부상자가 생겨도 목표량을 채우지 못하면 갱도 밖으로 나오지 못한다고 했다. 쓰러져 있는 아버지에게 매질을 해서 임 씨 아저씨가 아버지 몫까지 목표량을 채울 테니 다친 사람 때리지 말라고 감독에게 사정해서 그나마 버틴 것이란다. 피도 눈물도 없는 감독들에게 치가 떨렸다.

임 씨 아저씨는 아버지가 일을 못 할 것 같다며 걱정을 했다. 내버려둘 인간들이 아니라며, 다친 몸으로 탄광에 들어가면 죽는 건 시간문제라고 했다.

나는 아버지가 낫는 동안 대신 탄광에 들어가겠다고 했다. 누워 있던 아버지가 안 된다고 이를 악물며 말했다. 임 씨 아저씨도 그건 안 될 말이라고 했다. 건장한 장정도 버텨 내지 못하는 곳이 막장이라고, 일은커녕 매질만 당하다 볼 장 다 볼 거라고 했다. 아버지는 알아듣기도 힘든 목소리로 곧 일어날 테니, 막장에 들어가겠다는 말은 절대 하면 안 된다고 내게 신신당부를 했다. 어머니는 눈물만 흘렸다.

아버지의 상처를 닦는데 몸에 뼈만 앙상했다. 바람만 불어도 부러질 것 같은 몸에 돌이 떨어졌으니 성할 리가 없었다. 다친 사람을 막장에서 밤이 늦도록 방치하다니, 화가 치밀고 억울해서 미칠 지경이었다. 저 몸으로 아버지가 막장에 다시 들어가면 도저히 그냥 넘기지 못할 것 같다. 아버지의 당부를 지키지 못할 것 같다. 아무리 아버지의 부탁이라도 아버지를 죽게 놔둘 수는 없으니까.

아버지의 상태는 점점 더 나빠졌다. 감독이 쫓아와 일어나지 못하는 아버지를 향해 한바탕 악다구니를 썼다. 그렇잖아도 생산량이 줄어 노무자를 보충할 판에 이러고 있냐고 소리를 질렀다. 어머니는 죄송하다며 굽실거렸다. 나는 다쳐서 움직일 수 없는 사람에게 너무하지 않느냐고 항의를 했다. 감독이 내 뺨을 세게 올려붙였다. 하도 순식간에 일어난 일이라 눈앞에 불이 이는 것 같았다.

나는 감독을 노려보며 내가 탄광에 들어가서 아버지 몫까지 두 배의 석탄을 캐겠다고 말했다. 아버지와 어머니는 그게 무슨 소리냐며 내게 소리를 질렀다. 감독에게는 철없는 어린애가 하는 말이니 용서하라고 빌고 또 빌었다.

하지만 나도 뜻을 굽히지 않았다. 어차피 아버지는 당분간 일을 할 수 없을 것이고, 언제까지 그렇게 시달리며 지낼 수는 없는 것이다. 아버지가 나을 때까지 가만히 놔둘 인간들이 아니었다. 게다가 일을 하지 않는 사람에게는 식사도 제공

되지 않았다.

감독은 입꼬리를 올리며 콧방귀를 뀌었다. 내게 맹랑한 조센진 꼬맹이라며, 반드시 두 배의 석탄을 캐야 한다고 못을 박았다. 내일 당장 막장으로 내려가라는 말을 남기고 감독은 돌아갔다. 아버지와 어머니는 땅이 꺼져라 한숨을 쉬며 눈물까지 보였다. 마치 세상이 다 끝난 것처럼…….

여기서 더 나빠져 봤자 얼마나 더 나빠지랴. 막장이 아무리 고되다 한들 버티지 못할 것 없다는 오기가 생겼다.

아버지, 걱정 마시고 얼른 낫기만 하세요. 제가 아버지 몫을 반드시 해낼 테니까요.

아침 일찍 사무실에 가니 안전모와 안전모에 매다는 전등, 전등의 배터리가 달린 허리띠, 고무줄, 곡괭이, 삽 따위를 건네주었다. 갱도로 내려갈 때 늘 챙겨야 하는 연장들이었다. 모자와 전등에는 번호가 적혀 있었는데, 갱도에 내려갈 때 쓰고 올라오면 사무실에 반납을 해야 한다고 했다. 모자와 전등으로 인원 점검을 한다고 했다.

석탄을 캐는 갱부는 두 사람이 한 조로 일하니, 나는 아버지 대신으로 임 씨 아저씨와 함께 일하면 되었다.

안전모는 내겐 너무 커서 자꾸 앞으로 흘러내렸다. 곡괭이는 들기도 어려웠다. 작업복은 일본 사람들이 속옷으로 입는 긴 천이 전부였다. 아랫도리만 가려 입고 갱도로 간다니 기가 막혔다. 임 씨 아저씨는 갱도 안이 굉장히 습하고 덥다고 했다. 한여름 무더위가 비할 게 아니란다. 아버지 몫까지 석탄을 캐겠다고 큰소리쳤던 것이 조금 후회되려고 했다.

갱도에 내려가서 먹을 도시락을 받아 들고 황국 신민의 다짐을 외치고 드디어 갱구 입구에 들어가는 순간이었다. 한 치 앞도 안 보이는 깜깜한 굴속으로 들어가려니 갑자기 가슴이 두근거리며 숨이 막히는 느낌이 들었다. 마치 괴물 입속으로 걸어 들어가는 기분이었다. 내가 무엇을 믿고 그렇게 큰소리를 쳤는지, 이제 와 생각하니 정말 대책 없는 아이구나 싶었다. 시간을 되돌릴 수 있다면 무릎이라도 꿇고 봐 달라고 사정을 할 것 같았다.

매일같이 내 손으로 닦아 대던 수레를 타고 갱도로 내려가는구나. 얼마나 깊은 곳일까? 갑자기 바닷물이 들이쳐 물에 잠기면 어쩌나, 공기가 사라져서 숨이 막히면 어쩌나, 곡괭이도 못 드는데 석탄을 어찌 캐나, 영영 나오지 못하는 것은 아닐까, 온갖 두려운 생각에 발을 쉽게 떼지 못했다.

겁을 잔뜩 집어먹은 내가 쉽게 움직이지 못하자 임 씨 아저

씨가 어깨를 툭툭 쳤다. 그만 가자는 말이었다. 그나마 임 씨 아저씨가 함께 있어 얼마나 다행인지 몰랐다.

갱 입구에 들어서자마자 매캐한 화약 냄새가 코를 찌르고 벌써부터 숨 쉬기가 어려웠다. 바닥에 기찻길 같은 레일이 깔려 있었다. 그 위에 사람이 타는 인차가 대기하고 있었다.

2인 1조로 짝을 이룬 사람들 무리가 차례차례 인차에 올라탔다. 갱 속으로 들어가는 길은 경사가 무척 심했다. 인차는 경사진 레일을 따라 무서운 속도로 내려갔다. 대체 어디까지 가는 것일까? 그렇잖아도 긴장되고 두려운 마음에 인차의 속도까지 더해져 현기증이 일고 멀미가 났다.

얼마를 정신없이 달리니 어디선가 뜨거운 열기가 훅 끼쳐오기 시작했다. 위에서는 경험하지 못한 엄청난 열기였다. 한참을 내려가니 인차가 멈추고 여러 갈래의 갈림길이 나타났다. 거기서 더 들어가니 또 여러 개의 굴이 나타났다. 들어갈수록 갱도는 복잡하고 더 좁았다. 이 깊은 곳에 굴을 대체 누가 팠을까, 신기한 일이었다.

갱도는 마치 개미굴 같았다. 나뭇가지가 뻗어 가는 모양 같기도 했다. 큰길에서 뻗어 여러 개의 길이 생기고, 그 길에서 더 깊고 작은 막장으로 뻗어 나갔다. 갱도에서 길을 잃으면 영영 바깥으로 못 나갈 것 같다 생각하니 가슴이 쿵쿵 쉴 새 없이 뛰었다. 이런 곳에서 누가 죽는다 해도 아무도 모를 테다. 그 깊고 좁은 바닥까지 레일이 깔려 있었다. 석탄을 나르는 광차 한 대와 겨우 사람 한 명 정도 들어갈 틈 밖에는 없었다.

작은 막장에 다다르면 인차에서 내려 걸어야 했다. 발밑이 질척거렸다. 군데군데 밝혀 둔 불빛에 천장을 받치고 있는 버팀목 사이로 흐르는 물이 보였다. 내가 발을 딛고 있는 곳이 다름 아닌 바닷속이라는 사실이 새삼스럽게 다시 떠오르며 공포심이 몰려왔다. 금방이라도 버팀목 사이로 바닷물이 팍 하고 터져 들어올 것만 같았다.

일도 시작하기 전에 땀이 흘렀고, 탁한 공기 때문에 숨이 가쁘고 자꾸 기침이 나왔다. 좁은 갱도에 석탄가루와 돌가루, 화약 연기가 뒤섞여 전등에 뿌옇게 비쳤다. 그 가루들이 내가 숨을 쉴 때마다 몸속에 차곡차곡 쌓이는 것 같았다. 점점 더 숨이 막혔다.

임 씨 아저씨를 따라 계속 걸으니 갱도가 점점 더 좁아지는가 싶더니 더 이상 길이 없는 방 같은 곳에 다다랐다. 거기가 바로 우리가 일할 막장이었다.

막장은 좁아서 임 씨 아저씨는 물론이고 나도 허리를 펴고 일어설 수가 없었다. 열기는 아까보다 더 심했다. 정말이지 숨이 턱턱 막혔다. 땀이 흘러 눈에 들어가는데 땀과 탄가루가 섞여 눈이 따가웠다. 눈을 비비니 더 아프고 그러니까 또 비볐다. 거기다 헐렁한 안전모는 자꾸만 흘러내려 눈을 가렸다.

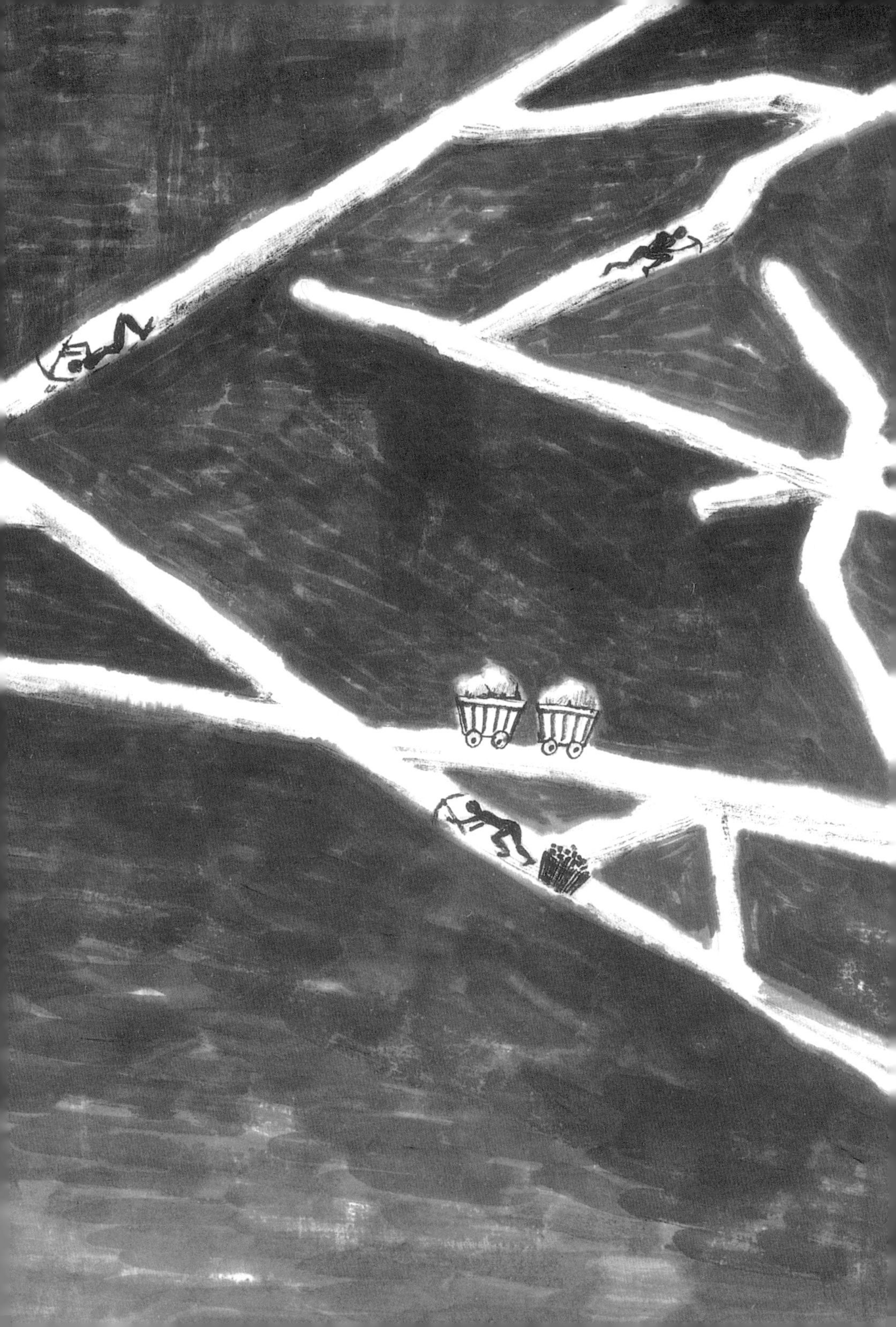

이런 상태에서 석탄을 캘 수 있을까? 절망감만 들었다.

임 씨 아저씨가 나를 돌아보더니 “너도 큰일이고, 나도 큰 일이다.”라고 했다. 어린애가 무슨 석탄을 캐겠냐며 큰 한숨을 쉬었다. 2인 1조니까 내가 석탄을 못 캐면 아저씨도 낭패를 보는 것이었다. 아저씨는 자기가 석탄을 캐면 바구니에 담아 수레로 옮기라고 했다. 그러더니 또 한숨을 쉬었다.

아저씨는 천장을 보고 누워서 곡괭이로 석탄을 캤다. 난 아저씨가 캔 석탄을 바구니에 담아서 수레로 옮겼다. 석탄은 무거운 데다 기름 성분이 섞여 있어 생각보다 미끄러웠다. 땀이 밴 손으로 석탄을 들다가 그만 떨어뜨리고 말았다. 석탄 한 귀퉁이가 발등을 찍어 피가 났다. 임 씨 아저씨가 괜찮냐고 소리를 쳤다. 나는 괜찮다고 둘러댔다. 더 이상 아저씨한테

폐를 끼치고 싶지 않았다.

석탄은 바구니에 담는 것도 버거웠지만 수레에 옮겨 싣는 것은 더 힘들었다. 한 번에 많은 양을 옮기지 못해 아저씨가 캐낸 석탄이 수북이 쌓여 갔다. 아저씨는 하던 작업을 멈추고 석탄을 옮기고 또다시 석탄을 캤다. 나 때문에 아저씨가 두 배로 힘이 드니 마음이 너무나 불편했다. 아저씨도 힘이 부쳐 표정이 좋지 않았다.

시간이 갈수록 체력이 떨어졌다. 팔다리가 후들거려 꼼짝도 못 할 지경이었다. 아저씨는 속도가 너무 늦어서 큰일이라고 두런거렸다. 그때 우리 조 감독이 긴 곡괭이 자루를 들고 나타났다. 다른 조는 벌써 수레를 채워서 올려 보냈는데 우리는

아직 한 수레도 못 채우고 있으니 가만 놔둘 리가 없었다.

“맹랑한 조센진 녀석, 입은 살아서 말은 잘하더니, 일을 그렇게밖에 못 해? 여기 놀러 왔어?”

감독의 곡괭이 자루가 내 등에 내리꽂혔다. 맨살에 매를 맞으니 너무 아파서 정신까지 아득해지는 것 같았다. 뼈가 어떻게 된 것 같았다. 임 씨 아저씨는 나이도 어리고 첫날이니 봐 달라고 통사정을 했다. 자기가 잘 가르칠 테니 걱정 말라고 했다.

너무 서러워서 눈물이 났다. 임 씨 아저씨가 등을 만져 주며 여기서는 말을 많이 하거나 울어서도 안 된다고 했다. 맘 독하게 먹지 않으면 안 된다며, 한숨만 크게 내쉬었다. 아랫도리가 척척해서 보니 나도 모르게 오줌을 눈 모양이다. 곡괭이 자루를 들고 나타난 감독 때문에 너무 무서웠던 것이다.

감독이 돌아가고 나니 사지가 떨리고, 온몸에 쥐가 났다. 채워지지 않은 수레는 가슴을 짓눌렀다. 12시간 동안 수레 열 대 이상을 채워야 하는데, 그걸 못 채우면 채울 때까지 땅 위로 올라가지 못한다는 감독의 말이 귓가에 맴돌았다.

아버지가 왜 그렇게 탄광에 들어가서는 안 된다고 했는지, 이제야 이해가 되었다. 이곳에서 영영 빠져나가지 못할 것 같았다. 지옥 같은 막장의 첫날은 그렇게 가혹하게 시작되었다.

아버지는 다리도 잘 쓰지 못하는 데다 곪은 상처가 잘 낫지 않았다. 식사도 제대로 못 하고, 약이라고 준 것은 전혀 효과가 없는 듯했다.

어머니는 아버지 건강 때문에 걱정이 많은데, 나까지 막장에 들어간 후로는 근심이 두 배로 늘었다. 어머니는 식당 일은 물론이고 섬 곳곳으로 불려 다니며 별일을 다 했다. 노무자들 주먹밥 만드는 일부터 식당 설거지, 공사장 막일, 감독관들 빨래며 공중목욕탕 청소 등 닥치는 대로 일을 시켰다. 이곳에선 뭐 하나 쉬운 게 없었다.

감독들의 포악함은 날이 갈수록 강도를 더해 갔다. 맞아 죽지 않으려고 두더지처럼 막장을 파고 또 파서 할당량을 채우는 것 말고는 방법이 없었다. 감독의 눈 밖에 나지 않는 것이 살아남는 유일한 길이다. 하시마는 숨을 곳도, 도망칠 곳도 없다.

감독들이 아무리 포악을 떨어도 석탄은 좀처럼 늘지 않았다. 오히려 줄었다. 그건 너무나 당연한 일이었다. 밥도 제대로 먹지 못하고 온종일 일만 하니 노무자들은 하나같이 뼈만 앙상했다. 몽둥이 아니라 그보다 더한 걸 휘두른다 한들 안 되는 건 안 되는 거였다. 죽어 나가는 사람, 탈출을 시도하는 사람도 늘어 갔다.

아저씨들 하는 얘기를 들었는데, 일본이 미국이랑 치르는 전쟁에서 상황이 어렵게 돌아간다는 소문이 있다고 했다. 이렇게 지독한 일본이 누구에게 지는 일도 있나 싶어 믿어지진 않았다.

줄어드는 석탄을 보충이라도 하겠다는 듯, 새로운 징용자들이 또 한 부대 들어왔다. 이번에는 어린 청년들만 몇십 명 데려왔다. 나보다 고작 몇 살 많은 형들이었다. 거짓말에 속아서 끌려온 조선 사람들을 보니 속이 끓었다. 그리고 고향이 그리워 미칠 지경이었다. 고향에 계신 할머니 소식도 궁금한데, 할머니에게 편지를 해도 누가 제대로 읽어는 주는지, 누구로부터도 답장을 못 받으니 답답할 뿐이었다. 아버지, 어머니는 죽기 전에는, 아니 죽어서도 이 섬을 빠져나가기는 어려울 거라며 체념했다.

어제 야간 조 일을 마치고 아침에 들어와서 잠이 들었는데, 우리 동네가 꿈에 보였다. 고향을 너무 그리워해서 꿈에 나온 것인지, 혹시라도 할머니에게 무슨 일이라도 생긴 것인지 마음만 뒤숭숭했다. 약속한 2년을 채우면 고향에 돌아갈 수 있을까?

새로운 징용자들이 오면 한동안은 섬이 술렁거렸다. 새로운 사람들이 주는 생기로 활기가 이는 것이 아니라 그 반대였다. 새로 온 사람들에게 본때를 보여 딴 생각을 품지 못하게 하려는 감독들의 독기는 신참들을 바짝 긴장하게 했다. 그 과정에서 일을 제대로 해 보지도 못하고 죽는 사람들도 많았다.

일본 감독관 중에 악명 높은 감독이 있는데, 노무자들 사이에서는 '저승사자'로 불렸다. 조금만 딴짓을 해도 금세 알아채고 달려와서는 사정없이 몽둥이를 휘두르고, 분에 못 이기면 곡괭이고 삽이고 가리지 않는 무지막지한 사람이다.

엊그제는 새로 들어온 어떤 형이 막장에 들어가서 배고픔을 이기지 못하고 몰래 주먹밥을 먹으려다 저승사자 눈에 띄었다. 일도 않고 먹을 것만 밝히는 돼지 새끼라고 욕을 하며 몽둥이로 내리치는 소리가 옆 막장인 우리 쪽까지 들렸다. 마치 내가 맞는 것처럼 오금이 저리고 식은땀이 났다.

그런데 잠시 후 쿵 하는 소리가 들리는가 싶더니, 일 마치고 올라가는 길에 들으니 그 형이 죽었다는 거다. 몽둥이로 패고 발로 사정없이 가슴을 친 것이 그대로 벽에 부딪쳐 꼬꾸라졌다고, 같은 조원인 박 씨 아저씨가 말했다. 그런데도 별다른

조치를 하지 않고 그대로 죽게 내버려두었다고 했다. 정말 피도 눈물도 없는 잔인한 인간이다.

그 광경을 눈앞에서 본 박 씨 아저씨는 몸서리를 치며 오히려 죽는 편이 낫겠다고 했다. 지옥 섬에서 죽지 못해 버티는 사람들이 입버릇처럼 하는 말이다. 그렇게 비참하고 억울하게 세상을 떴지만 서류상으로는 병으로 죽은 거라 남긴다고 했다. 보상금은커녕 장례 비용까지 내라 할 인간들이다. 지옥 섬에는 한 줄기 희망도 보이지 않는다.

아버지는 제법 거동을 할 수 있게 되었으나 다친 다리를 절룩거린다. 할머니를 다시 만난다고 해도 이젠 정말 알아보기 힘들 정도로 모습이 많이 변했다. 아버지가 아니라 할아버지라고 해도 믿을 것 같다.

여기서는 웃을 일이 없다. 이곳 사람들의 모습은 점점 하시마처럼 변해 갔다. 풀 한 포기, 꽃 한 송이 나지 않는 황량한 지옥 섬.

임 씨 아저씨도 체력이 전과 같지 않아 보였다. 내가 처음보다 일하는 요령이 나아졌다고는 해도 여전히 힘이 달리다 보니 우리 조는 막장에 12시간을 훨씬 넘겨서 있는 일이 많았다. 나보다 건장한 청년과 같은 조가 되었다면 아저씨가 고생을 덜할 텐데, 죄송한 마음뿐이다.

길고 고된 막장에서 주먹밥 두 덩어리로 12시간을 버텨야 하니 아무리 건장한 남자라도 체력이 바닥나는 건 당연한 일이다. 변소로 이용하는 끝 막장은 냄새가 역해서 차마 들어갈 엄두도 나지 않지만, 볼일을 보면 배가 더 고파질까 봐 일부러 화장실도 가지 않는다. 지겹도록 먹는 콩깻묵 주먹밥이라도 실컷 먹으면 소원이 없을 것 같다.

그나저나 요즘 이상한 일이 자주 있다. 섬 위로 비행기가 낮게 날아 지나는 일이 부쩍 잦아진 것이다. 사람들이 놀란 일이 한두 번이 아니었다. 얼마 전에는 갱도에 있는 동안에 엄청난 진동과 굉음이 들려 막장이 무너지는 줄 알고 사람들이 대피한 일이 있었다. 감독들은 제자리를 지키라며 소리를 쳤지만, 불안한 분위기는 쉽게 가라앉지 않았다. 일본이 하고 있다는 전쟁이 일본 땅까지 번진 것일까? 이래저래 섬이 뒤숭숭하다.

나가사키 조선소

아침 식사를 마친 후 조회를 하는데 이름을 부르는 사람은 남으라고 했다. 그중에 내 이름도 있었다. 뭔 일인가 싶어 눈치를 살피며 남아 있었다. 이름이 불리지 않은 사람들도 웅성거리며 흩어졌다.

드문드문 남은 사람들을 둘러보니 대개 젊은 청년들이었다. 모여서 줄을 세우니 10여 명 남짓 되어 보였다. 이름이 불린 사람들은 나가사키 지방으로 잠시 전출이 된다고 하였다. 마른하늘에 날벼락 같았다. 여기서는 힘들어도 아버지, 어머니와 함께였다. 그런데 이제 정말 홀로 떨어져 더 혹독한 곳으로 가는구나 싶은 생각만 들었다. 곧 배가 도착할 것이니 간단한 짐을 챙겨 대기하라고 했다. 늘 그렇듯이 통보다.

해산하라는 감독의 말이 떨어지기 무섭게 맞을 것을 각오하고 감독에게 달려가 다시 돌아오는 거냐고 물었다. 임무를 수행하면 돌아온다고 했다. 일본 사람들 말이야 믿을 것이 못 된다는 걸 알면서도 다시 돌아온다는 말은 한 가닥 위안이 되었다.

아버지, 어머니가 무척 놀랐다. 염려하는 눈길로 눈물을 주르륵 흘렸다. 생전 처음 홀로 떠나는 것이라 두렵기는 나도 마찬가지였다.

아버지는 나를 꼭 안으며 귀에 대고 소곤소곤 말했다. "기회를 봐서 꼭 탈출해라. 어머니, 아버지에게로 돌아올 생각 말고 살 길을 찾아라."라고. 나는 울면서 고개를 저었다. 아버지도 고개를 저었다. 아버지는 진심으로 이것이 마지막 희망이길 바랐다. 나는 눈물이 쏟아져서 아무런 말도 잇지 못했다. 안 될 말이었다. 그럴 순 없었다.

반장이 어서 나오라며 방문을 두드렸다. 나는 눈물을 훔치며 자리에서 일어났다. 아버지는 일어서지 못한 채로 아버지 말을 명심하라고 쐐기를 박았다.

그렇게도 벗어나고 싶은 지옥 섬이었다. 하나 아버지, 어머니를 두고 혼자서 탈출할 생각은 눈곱만큼도 없다.

대체 어디로, 왜 가는지도 모른 채 우리는 배에 올랐다. 지옥 섬에서 그렇게 멀어져 갔다.

배는 금세 나가사키에 도착했다. 영영 돌아올 수 없는 먼

곳인 줄 알았는데 너무 금방 도착해서 김이 새는 기분마저 들었다. 배에서 내려 트럭을 타고 나가사키 조선소에 내렸다. 이곳에서 일본 군함을 만든다고 했다.

하시마에서 나온 사람은 나까지 모두 10여 명인데, 따라온 감독이 다섯 명이었다. 일거수일투족을 감시하려고 작정을 하고 따라붙은 듯했다. 아버지가 한 말을 엿듣기라도 했나 싶어 눈치가 보였다.

우리를 인솔한 감독은 공사장 한복판에 멈춰 서서 이곳이 군사적으로 중요한 곳이어서 미군의 공습이 잦다고 했다. 그래서 시급히 방공호*를 지어야 한다고 했다. 한눈팔지 말고 공사에 전념하란다.

우린 바로 곡괭이와 삽을 들고 방공호 공사에 투입되었다. 맨땅을 파 내려가는 일은 쉽지 않았다. 바닷속 땅을 파는 일보다는 쉬웠지만. 어딜 가나 지겨운 곡괭이질은 계속되었다. 탄광 못지않게 고된 노동이었다. 물론 하시마의 막장만큼은 아니다. 그곳에서 빠져나왔다는 해방감에 가슴에 막힌 뭔가가 조금은 뚫린 느낌이다. 감독들은 혹여 우리가 도망을 칠까

* 방공호 : 적의 공격을 피해 땅속에 파는 굴

전전긍긍하는 눈치다. 하시마에서와는 달리 우리의 행동 하나, 말 한마디를 놓치지 않으려고 지켜보았다.

방공호 공사는 어지간히 급한 모양이었다. 전에 아저씨들에게 들었던 소문이 사실이 아닐까 싶다. 하시마에서 일부러 청년들을 뽑아 방공호 공사를 지원한 걸 보면 전쟁이 그만큼 긴박하게 돌아간다는 말이다. 감독들은 일부러 하시마에 가족이 있는 청년들만 데리고 나왔다. 탈출하지 못하게 말이다.

일을 마치고 숙소에 들어와 잠을 청했지만 아버지의 말이 맴돌아 잠이 오지 않았다. 하늘이 주신 기회라는 생각을 지울 수가 없었으나, 내가 만약 도망을 가는 날에는 부모님이 성치 못할 것이다. 도망치다 잡히면 나 역시 개죽음을 당하겠지. 그러나 이대로 다시 하시마로 돌아간다는 건 끔찍하다. 생각만으로도 숨이 막힌다. 대체 얼마 동안 방공호 공사를 하게 될까? 난 어떤 선택을 해야 할까?

방공호 공사장에 온 지도 벌써 한 달이 넘었다. 공사장 생활도 탄광 생활과 크게 다르지 않다. 고되고 지겨운 노동의 연속이었고, 식사 역시 다를 바 없다. 날이 갈수록 생각만 많아지고 조급해졌다.

점심 무렵, 갑자기 사이렌 소리가 요란하게 울렸다. 사이렌 소리야 하시마에서도 여러 번 들었고, 나가사키에 온 후로도 자주 들었다. 그래서 크게 신경 쓰지 않고 계속 땅을 파 내려갔다. 아니 그래야 했다. 감독들이 혹독한 밀착 감시를 하는 바람에 조금이라도 꾀를 부리는 기색이 보이면 여지없이 몽둥이가 날아왔다. 처음 왔을 때 사이렌 소리에 놀라 곡괭이를 집어던지고 뛰어나온 성철이 형을 감독이 때렸다. 죽기 직전까지 말이다. 어디서 꾀를 부리느냐, 도망치면 죽음뿐이다, 마치 딴 마음을 품으면 이렇게 된다는 걸 보여 주려고 기다린 것만 같았다. 그러니 사이렌이 울려도 계속 땅을 파는 것만이 살길이었다. 폭탄이 떨어진다 한들 감독들의 몽둥이보다 혹독하랴.

나가사키 조선소는 전쟁 군함을 만드는 곳이라 미군들이 노리는 주된 목표물이라 했다. 이렇게까지 급하게 여기저기서 사람들을 끌어다 방공호를 만드는 것도 그 이유란다. 식민지 조선인은 어디서나 목숨을 내놓고 살아야 한다. 일하다 죽거나 맞아 죽거나, 아님 미군의 공습에 죽을 수도 있다. 하지만 적어도 감독들 몽둥이에 맞아 죽는 것만은 피하고 싶다.

상황이 급박하게 돌아가서인지 방공호 공사를 빨리 마쳐야 한다며 감독들의 채근이 심해졌다. 노동 시간도 늘어나고 있다. 해가 지도록 감독들은 그만하라는 소리를 하지 않았다. 그들도 위에서 강하게 내리찍는 모양이었다. 배도 고프고 팔이 빠져 죽을 지경이다.

언제 감독이 그만하고 나오라는 말을 하나 귀를 쫑긋 세우고 있는데, 갑자기 요란한 사이렌 소리가 울려 퍼졌다. 에이, 낭패로구나. 이때 움직였다간 뼈도 못 추리지 싶어 계속 땅만 파 내려갔다.

그런데 잠시 후 무지막지한 폭음과 함께 방공호가 흔들렸다. 이번에는 뭔가 좀 달랐다. 나도 모르게 곡괭이를 내던지고 그 자리에 납작 엎드렸다. 고막이 떨어져 나갈 것 같은 굉음이었다. 지진이 난 것 같은 진동이었다. 무슨 일이 나도 크게 난 것 같았다. 폭격이 계속 되었다. 생전 처음 겪어 보는 일이었다. 이것이 바로 전쟁이구나. 내 머리 위로 폭탄이 떨어져 몸이 산산조각 날 것 같은 두려움에 휩싸였다. 귀를 막고 납작 엎드리는 일 말고는 할 수 있는 게 없었다. 이젠 끝났나 싶으면 또 폭격이 있었다. 1분이 1시간처럼 느껴졌다. 너무나 무섭고 두려웠다.

탈출

다른 형들은 무사한지 걱정이 되는 순간, 밖에 있던 감독들 생각이 났다. 만일 감독들이 방공호 밖에 있었다면? 무사하기 힘들 수도 있겠구나! 감독들의 목소리가 들리지 않은 지 한참이지 않나?

갑자기 정신이 번쩍 들었다. 탈출해야 한다면 바로 이때다! 아버지 말씀을 따를 거라면 지금이다. 내가 살아야 아버지, 어머니도 구할 수 있다. 폭격 중에 사라진 노무자는 감독들도 어쩌지 못할 것이다. 자기들 편리한 대로 맞아 죽은 사람을 병사로 기록하는 사람들이 아닌가? 이탈자가 생긴다면 자기들도 곤란할 것이다. 잡히지만 않는다면 감독들은 폭격에 맞아서 죽었다고 할 것이다.

짧은 순간에 생각이 꼬리에 꼬리를 물었다. 마음이 급해졌다. 난 폭격을 뚫고서라도 탈출하기로 마음을 정했다.

방공호 밖으로 나오니 밖은 폭격으로 쑥대밭이 되어 있었다. 주변에 감독들이 있는지 재빠르게 살폈다. 폭격을 피해 어딘가로 피신을 한 걸까? 나는 도망칠 자세로 몸을 낮췄다.

그런데 땅에 누군가 쓰러져 있었다. 너무 놀라서 소리를 지를 뻔했다. 나를 감시하던 감독이 쓰러져 있었던 것이다.

그러나 놀라고 있을 때가 아니었다. 무작정 달렸다. 어디로 갈지 생각도 하지 않고 그저 달렸다. 멀리서 폭격 소리가 또 들렸다. 방공호 주변 어딘가에 폭격이 계속되는 것 같았다. 뒤에서 감독들이 쫓아오는 것 같은 공포심에 이미 내 정신이 아니었다. 차라리 폭탄을 맞는 한이 있어도 감독에게 붙잡혀서

는 안 된다!

목적지는 없었다. 되도록 방공호에서 멀리멀리 달아나는 것만이 내가 해야 할 일이었다.

얼마나 달렸을까? 정신없이 달려 방공호 근처를 벗어나고 나니 발걸음을 어디로 둬야 할지 막막했다. 아는 사람도 없고 지리를 아는 것도 아니었다. 게다가 깜깜한 밤이라 막막함은 더했다. 주위를 둘러봐도 눈에 띄는 것은 군함과 높이 솟은 굴뚝뿐이었다. 너무 거대해 괴물처럼 느껴졌다.

너무나 배가 고팠지만 걷고 또 걸었다. 걷다 보니 멀리서 불빛이 보였다. 불빛을 향해 무작정 갔다.

불빛이 새어 나오는 곳은 허름한 단층 건물이었다. 문이 잠겨 있었다. 몇 번 흔들어 보다가 건물 뒤쪽으로 돌아가 봤다. 불빛이 있으니 사람도 있겠지.

건물 뒤로 돌아가니 작은 쪽문이 하나 있었다. 쪽문을 밀어 보니 문이 열렸다. 조심스럽게 문을 밀고 안을 살폈다. 아무도 없는 듯했다. 음식 냄새와 하수도 냄새가 미묘하게 뒤섞인 냄새가 나는 것 같았다.

안으로 몰래 들어갔다. 불빛이 밝지는 않았지만 앞을 분간하기에는 충분했다. 잔뜩 긴장한 채 두리번거리며 걸음을 뗐다. 그런데 발밑을 살피지 않은 것이 실수였다. 발에 뭔가가 걸리면서 요란한 소리가 났고, 난 앞으로 엎어지고 말았다. 나도 모르게 비명이 새어 나왔다.

"소코니다레데스카(거기 누구십니까)?" 성난 남자 목소리였다. 일본 사람이었다! 순간 정신이 아득해지고 심장이 멎는 것 같았다. 이제 죽었구나! 죽을 때 죽더라도 제발 먹고 죽었으면! 배고픔이 어찌나 심했던지 그 긴박한 순간에도 나는 그렇게 생각했다.

눈을 떠 보니 낯선 천장이 보였다. 잠시 정신을 잃었던 모양이다. 일어나려고 해도 어지러워 몸이 맘대로 움직이지 않았다. 어디인지, 어찌 된 일인지 도무지 감이 잡히지 않았다. 아무런 기억이 없었다.

혹시 내가 죽은 것은 아닐까? 감독들에게 잡혀서 감옥에 갇힌 걸까? 갑자기 두려움이 몰려오며 몸이 부르르 떨렸다. 이가 딱딱 부딪쳤다. 한겨울처럼 몸에 한기가 느껴졌다. 가까스로 몸을 일으켰다. 아무도 없을 때 도망쳐야 했다. 그때 문을 열고 누군가 들어왔다. 난 자리에 털썩 주저앉고 말았다.

머리에 흰 수건을 두른 아주머니였다. 일본 말로 뭐라 묻는데, 어딘가 억양이 이상했다. 아주머니는 쟁반에 들고 온 흰 죽을 내밀었다. 난 이성을 잃고 그릇을 낚아채 무작정 입에 갖다 댔다. 죽이 뜨거워 입술이 홀랑 타는 것만 같았다. 얼마 만에 먹는 쌀인가.

그런데 아주머니가 대뜸 "혹시 조선 사람인가?"라고 우리말로 물었다.

순간 어떻게 대답할지 고민했다. 도망친 조선인이란 게 들통나면 죽는 건 시간문제다. 하지만 숨길 수도 없었다. 아주머니가 조용히 말했다. "조선 사람이 맞는 모양이네." 조선말을 들으니 갑자기 눈물이 차올랐다. 그때 다시 문이 열리더니 한 아저씨가 들어왔다. "조선 사람이 맞네요." 아주머니가 아저씨를 돌아보며 조선말로 말했다.

죽 한 그릇을 비우고 나니 살 것 같았다. 배가 채워지지 않아서 더 먹고 싶었지만 차마 말을 꺼낼 수는 없었다. 아저씨가 어디서 오는 길이냐고 물었다. 난 어떻게 말을 해야 할지 몰라 잠시 뜸을 들였다. 거짓말을 할까도 생각했지만, 딱히 둘러댈 말이 생각나지 않았다. 어차피 죽었다고 생각했던 목숨, 더 속이면 뭐 하겠나 싶어서 사실대로 털어놨다. 하시마에서 탄광에 끌려갔다 방공호 공사에 뽑혀 나가사키에 왔다고, 폭격을 틈타 도망쳤다고 하니 아저씨와 아주머니는 무척

이나 놀랐다. 부모님이 아직 하시마에 있다는 말에 아주머니는 "아이고, 세상에!"란 말을 몇 번이나 더 했다.

아저씨와 아주머니는 본래는 부산 사람인데 우여곡절 끝에 일본으로 건너와 미쓰비시 조선소 근처에서 함바집*을 하고 있다고 했다. 미쓰비시 조선소에도 조선에서 끌려온 조선인 징용자들이 많다고 했다. 여기서도 죽어 나가는 조선 사람이 한둘이 아니라고 했다. 미쓰비시 조선소는 크고 기술도 배울 수 있는 좋은 곳인 줄 알았는데, 그렇지 않은 모양이었다.

아저씨는 당분간 이곳에 숨어 있으라고 했다. 나다니다가 잡히면 곧바로 끌려가 죽을 거라고 했다. 나가사키에는 탄광이 여러 곳 있는데 다들 마찬가지로 지옥 같다고 했다. 용케 탈출했다가 감독에게 잡혀 끌려간 사람도 여럿이란다. 말만 들어도 오금이 저렸다.

난 진심으로 감사의 인사를 드렸다. 큰절이라도 올리고 싶었다. 아주머니는 창고에 가마니를 깔아 주며 당분간 참고 지내라 했다. 누군가의 눈에 띄면 나는 물론이고 아저씨, 아주머니도 곤욕을 치르게 될 테다.

* 함바집 : 공사 현장에 있는 식당

가마니 위에 누워 잠을 청했지만 잠이 오지 않았다. 감독들에게서 도망쳐 나왔다는 것이 실감이 나지 않았다. 하시마에 남은 아버지, 어머니가 그립고 걱정이 되었다. 눈물이 나더니 도무지 멈출 수가 없었다. 소리가 새어 나가기라도 할까 봐 소리도 못 내고 울었다. 차라리 도망치지 말 걸 그랬나? 처음으로 후회가 되었다. 부모님이 무사할 수 있을지, 다시 살아서 만날 수 있을지, 이런저런 생각을 하니 서럽고 슬펐다. 난 울다가 지쳐서 잠이 들었다.

창고에 갇혀 있자니 답답한 일이 한두 가지가 아니었다. 좁고 침침한 창고에 가만히 있는 것도 고되었다. 가장 큰 문제는 볼일을 보는 거였다. 뒷간 가자고 나갔다가 낭패를 볼까 싶어 창고 안에서 해결을 하려니 여간 불편한 게 아니었다.

아주머니가 주먹밥을 넣어 주러 왔을 때, 뭐라도 좋으니 할 일이 있으면 달라고 했다. 아주머니가 감자를 한 광주리 가져다줘서 깎기도 하고, 콩 한 자루를 다 고르기도 하고, 어떤 날은 하루 종일 짚으로 새끼를 꼬기도 했다. 뭐라도 하니 한결 수월하게 시간이 갔다.

식당이다 보니 식사 시간이면 한바탕 왁자한 소리가 들린다. 일본 말도 들렸다. 그럴 때마다 온몸이 쪼그라들었다. 누가 내가 창고에 숨은 걸 알아챌까 싶어 몸을 더 웅크렸다. 언제까지 이렇게 창고에서 버틸 수 있을까?

평소 아주머니가 식사를 가져다주거나 일거리를 가져다줬는데, 웬일인지 아저씨가 창고에 왔다. 내일부터 식당에 나와 일을 도우란다. 아저씨는 사람들이 의심하지 않게 며칠 전부터 허리가 아파서 부산에서 조카를 불러야겠다고 입버릇처럼 말했다고 했다.

나가사키에 온 후로 사람들 사이에 섞이는 것은 처음이다. 방공호 공사 때도 그저 땅속에서 발만 보고 일했다. 함께 온 사람들하고도 말을 섞지 못하게 감독들의 감시가 심했다.

조선인 식당이라 해도 여기는 일본이 아닌가? 일본인이 오지 말라는 법이 없지 않은가? 감독들이 하시마로 돌아가지 않고 나를 찾아다닐 것만 같았다. 어느 날 갑자기 나타나 다시 하시마로 나를 끌고 갈 것만 같았다. 창고 밖으로 발을 내디딜 수 있을까? 잠을 이루지 못하고 악몽 같은 상상 속에 뜬눈으로 날을 지새웠다.

식당에서 하는 일은 크게 어렵지 않았다. 아저씨, 아주머니가 하는 일은 뭐든지 도왔다. 감자나 콩 자루를 옮기고 다듬고, 사람들이 오면 음식을 나르기도 하고, 설거지든 청소든 일거리가 보이면 뭐든 했다. 사람들이 한바탕 왔다가 돌아가면 아저씨, 아주머니와 함께 늦은 식사를 했다.

식당에 나와 일한 첫날, 아주머니가 차려 준 밥상을 받고 얼마나 눈물을 흘렸는지 모른다. 멀건 소금국에 단무지 몇 조각일망정 밥상 앞에 앉아 보는 것이 얼마만이던가? 시골집을 떠난 이후로는 밥상에서 밥을 먹어 본 적이 없었다. 콩깻묵 주먹밥으로 겨우 목숨만 부지해 왔다.

밥을 떠서 입에 넣으니 부모님 생각이 났다. 아저씨, 아주머니에게 민망해 울음을 참으려고 했지만, 나중에는 아예 소리를 내어 꺼이꺼이 울고 말았다. 놀란 아저씨, 아주머니가 왜 그러냐고 물었다. 내가 답을 못 하고 울고만 있으니 아무 말도 하지 않았다. 눈물을 가까스로 멈추고 보니 아주머니도 눈물을 훔쳤다.

아저씨, 아주머니는 나를 거둬 준 생명의 은인이다. 나를 보면 아들 생각이 난다고 했다. 부산에 있을 때 아들이 세상을 떠났고, 딸은 일찍 시집을 갔다고 했다. 세상을 뜬 아들이 살아 있었다면 장가를 가고도 남을 나이라고 했다. 부산을 떠나 일본으로 온 것도 그런 아픔이 있었기 때문일까? 길게 말씀을 하지 않아 사연은 잘 모르겠지만, 가슴에 아픔을 품고 사시는 것 같다. 아버지, 어머니도 내 생각만 하면 가슴이 아파서 눈물을 흘리겠지. 제발 살아만 주세요, 아버지, 어머니!

발각

늦은 점심을 먹고 식당 청소를 하고 있었다. 아저씨와 아주머니는 단무지로 만들 무를 받으러 나간 터였다. 누군가 들어왔다. 제철소 노무자들은 한창 일을 할 시간인데, 대체 누구일까? 혼자 있을 때 낯선 사람이 오니 긴장이 되었다. 아무 말도 못 하고 낯선 사람을 빤히 쳐다봤다. 허름한 옷에 벙거지 모자를 쓰고 있어 나이 가늠이 잘 되지 않았는데, 아저씨보다는 조금 젊은 것처럼 보였다.

그 사람은 짐짓 여유로운 몸짓으로 가게 안을 휑하니 둘러봤다. 그러고는 주인장은 어디 갔냐고 조선말로 물었다. 잠시 나가셨다고 하니 나더러 가까이 와 보라고 했다. 겁도 났지만, 불쾌한 기분이 들었다. 자기 앞에 앉으라는 뜻인지 앞쪽을 향해 턱을 까딱거렸다. 쭈뼛거리고 있으니 잠깐 와서 앉아 보라고 반말을 했다.

앞에 앉으니 나를 빤히 쳐다봤다. 그러더니 대뜸 어디서 왔

냐고 물었다. 순간 말문이 막혔다. 난 어디서 왔다고 해야 하더라? 막장에서 '바카야로(바보)'란 말을 하도 많이 들어, 내 자신이 한심할 때는 '바카야로'라고 속으로 핀잔을 주는 습관이 생겼다. 바로 이 순간 내가 정말 바보가 된 것처럼 생각이 멈춰 버렸다.

다행히 아저씨, 아주머니가 나를 부산에서 데려온 조카라고 했던 것이 생각났다. 하마터면 진짜 내 고향을 말할 뻔했지 뭔가. 다행이라 생각한 것도 잠시, 부산 어디서 왔느냐고 물었다. 난 부산을 가 본 적도 없는데 지명을 알 리가 없지 않은가? 부산이라고는 하시마로 끌려갈 때 잠시 머문 부산항만 알 뿐이었다. 그래서 부산항 근처에서 살았다고 말했다. 그랬더니 왜 부산 사투리가 하나도 없냐고 묻는 거다. 여기서 지내면서 고쳤다고 하니 사투리가 짧은 시간에 그렇게 고쳐지냐며, 왠지 빈정거리듯이 말하는 것이다.

몇 살이냐, 부모님은 어디 계시느냐, 심지어는 이름까지 물었다. 마음에 불안함이 불처럼 확 일어났다. 난데없이 나타나서 그런 건 왜 묻느냐고 따졌다. 그랬더니 같은 조선 사람이 반가워 그렇단다. 갈수록 태산이라고, 조선에 있었으면 청년보국대에 갈 나이인데 왜 이곳에 와 있느냐고 했다. 화가 나서 자리에서 벌떡 일어나며 청소를 마저 해야 하겠다고 말했다. 그랬더니 다시 앉으라고 소리쳤다.

그때 마침 아저씨, 아주머니가 들어왔다. 나는 얼른 제자리로 돌아갔다. 아저씨는 낯선 남자를 보고 놀란 표정이었다. 이내 따라 들어온 아주머니가 무를 한 보따리 옮기면서 무슨 일로 왔느냐고 쌀쌀맞게 말했다. 그 사람은 지나는 길에 들렀다며 주섬주섬 자리에서 일어났다. 조카가 똘똘해 보인다며 나에게 또 턱짓을 했다. 그놈의 턱주가리를 확 갈겨 주고 싶었다. 괜히 기분 나쁜 사람이다. 아저씨, 아주머니가 눈길 한번 주지 않자 식당을 다시 한번 빙 둘러보더니, "또 봅시다." 하고는 나갔다.

아저씨는 내게 어찌 된 일인지 물었다. 겪은 대로 말하니, 고개를 내저으며 앞으로는 저 사람이 와도 절대 말을 섞지 말라 했다. 사실이든 거짓이든 아예 말하지 않는 게 좋단다. 징용에서 탈출한 사람을 잡아 일본군에 넘기는 대가로 돈을 받아 사는 조선인이라고 했다.

난 다리가 후들거려서 서 있기도 힘들었다. 그 사람이 당장이라도 돌아와서 나를 잡아갈 것 같았다. 아저씨, 아주머니 얼굴에도 불안한 표정이 떠올랐다. 만에 하나 내가 탈출한 것이 들통나는 날에는 아저씨, 아주머니도 곤욕을 치르게 될 것이다.

이곳에 내가 계속 머물러도 되는 것일까? 아저씨, 아주머니를 위해서라도 이곳을 떠나야 하는 것은 아닐까? 다시 지옥 같은 막장으로 끌려가게 될까 봐 무섭고 떨렸다.

낯선 아저씨는 한동안 나타나지 않았다. 그러다 보름이 지난 날, 식당에 다시 왔다. 다행히 오늘은 아저씨, 아주머니가 함께 있었다.

아저씨가 무슨 볼일이냐고 물으니 목이 말라서 물 한 그릇 얻어먹으러 왔단다. 그러고는 나를 빤히 쳐다봤다. 나에게 물을 가져오라는 것 같았다. 물을 가져다줘야 하나 말아야 하나 고민을 하고 있는데, 아주머니가 물 한 사발을 가져다주었다. 그 사람은 물을 한 모금 들이켜더니 "야, 시원하다!" 하며 여유를 부렸다. 그는 갈 생각을 하지 않고 이런저런 말들을 계속 지껄였다. 아저씨, 아주머니는 못마땅한 표정을 감추지 않았지만, 그 사람은 아랑곳하지 않았다. 거슬리기는 나도 마찬가지였다.

아주머니는 더 이상 참을 수 없다는 듯이 밖으로 나가며 "근태야, 너는 나 좀 따라오너라."라고 했다. 내가 아주머니를 따라나서는데, 그 사람이 말했다. “조카 이름이 ‘근태’입니까?”라고. 순간 모두가 행동을 멈추었다. 이상한 기운이 흘렀다. 낯선 남자는 뭐 대단한 거라도 건진 듯이 호기롭게 웃었고, 우리는 불안한 눈빛을 주고받았다. 아저씨는 ‘근태’는 호적 이름이 아닌 식구끼리 부르는 이름이라고 둘러댔다. 그 사람은 고개를 끄덕였지만 건성으로 듣는 것이 뻔히 보였다. 그가 돌아간 후로도 찜찜하고 나쁜 기분은 여전했다.

아저씨는 조선 팔도에 근태가 한 명만 있겠냐며, 별일 없을 테니 염려하지 말라고 했다. 하지만 생각은 불안하고 나쁜 쪽으로만 흘러갔다. 어느 새 난 하시마로 끌려가는 불안한 상상 속에서 떨고 있었다.

꿈에서 아버지를 만났다. 검은 해골처럼 변한 아버지가 아니라 고향집에서 함께 살던 그 아버지 모습이었다. 아버지랑 들판에 드러누워 하늘을 봤다. 아무것도 하지 않아도 아버지랑 있는 게 마냥 행복해서 계속 웃음이 났다. 구름 한 점 없는 맑은 하늘이 눈이 부셨다.

눈이 시려서 눈을 한껏 찡그렸는데, 갑자기 몸이 빙글빙글 도는 듯했다. 금세 맑았던 하늘에 먹구름이 가득해졌다. “아버지, 하늘이 이상해요!”라고 말하면서 옆을 보니 아버지가 검은 해골로 변해 있었다. 놀라서 아버지를 불렀다.

아버지는 조금 전의 웃음기는 온데간데없고 앙상한 뼈에 거무죽죽한 피부만 겨우 붙어 있는 모습으로 어딘가를 멍하니 바라봤다. “아버지, 아버지!” 난 계속해서 아버지를 불렀다. 먹구름이 온통 하늘을 덮었다. 캄캄한 밤이 되는가 싶었는데, 어느 순간 들판이 하시마 막장으로 변해 있었다. 아버지는 더 이상 갈 곳도 없는 막장 안으로 계속해서 들어갔다. 막혀 있는 막장이 아버지가 가면 계속 이어졌다. 아버지를 잡으려고 쫓아갔다. 아버지는 바로 앞에 있는데도 잡히지 않고 계속 막장 속을 향해 걸어갔다. “아버지, 가지 마세요! 아버지, 나 좀 봐요!”

나는 놀라서 잠에서 깼다. 아버지, 아버지! 아버지란 말이 여전히 입안에서 맴도는 것 같았다. 기이하고 생생한 느낌이 사라지지 않아 몸서리를 쳤다. 아버지에게 무슨 일이 있는 것은 아닐까? 아버지가 그립고 걱정되어 눈물이 났다. 어제 그 낯선 아저씨 탓일 거야. 애써 좋은 생각을 하려고 마음을 다잡았다.

일찌감치 식당에 나갔다. 먼저 가서 아침 준비를 시작하려는데, 아주머니가 먼저 나와 있었다. 왜 이렇게 일찍 나왔냐고 묻기에 잠이 일찍 깼다고만 했다. 아주머니는 대뜸 요즘 꿈자리가 뒤숭숭해서 잠을 잘 못 잔다고 했다. 아주머니 꿈자리가 안 좋다는 말을 들으니 정말 무슨 일이 나는 것 아닐까 싶어 불안하고 찜찜했다. 내 꿈 얘기는 하지 않았다. 아주머니 마음을 더 심란하게 할 이유는 없었다.

아저씨도 곧 나와서 우리는 말 없이 할 일을 분주히 했다. 오늘은 일찍부터 일을 시작해서 여유가 있겠다 싶었다.

노무자들이 올 시간이 아직 한참 남았는데 문이 열렸다. 그 사람이다! 일본군 앞잡이. 그런데 오늘은 혼자가 아니었다. 뒤로 한 사람이 더 들어왔다. 맙소사! 믿을 수가 없었다. 하시마 탄광의 감독이었다. 방공호 공사 때 함께 따라온 감독 중 하나였다.

너무나 놀라고 무서워서 몸이 덜덜 떨렸다. 제대로 서 있기가 힘들었다. 앞잡이는 입꼬리를 슬쩍 올리며 나를 쏘아봤다. 뒤에 있던 감독이 그자를 지나쳐 내 앞에 딱 섰다. 모자 끝을 손으로 살짝 들어 올리며 내 앞으로 얼굴을 들이밀었다. “오랜만이야.”라고 말하더니 순식간에 내 뺨을 후려쳤다. 난 그대로 땅바닥에 나가떨어졌다. 감독은 내 멱살을 잡고는 “쥐새끼 같은 녀석!”이라며 다시 한번 나를 후려쳤다. 아저씨, 아주머니 얼굴이 파랗게 질렸다. 앞잡이는 아저씨, 아주머니에게 “조카 좋아하네.”라며 비아냥거렸다. 감독은 연거푸 나를 때리고 발로 밟았다.

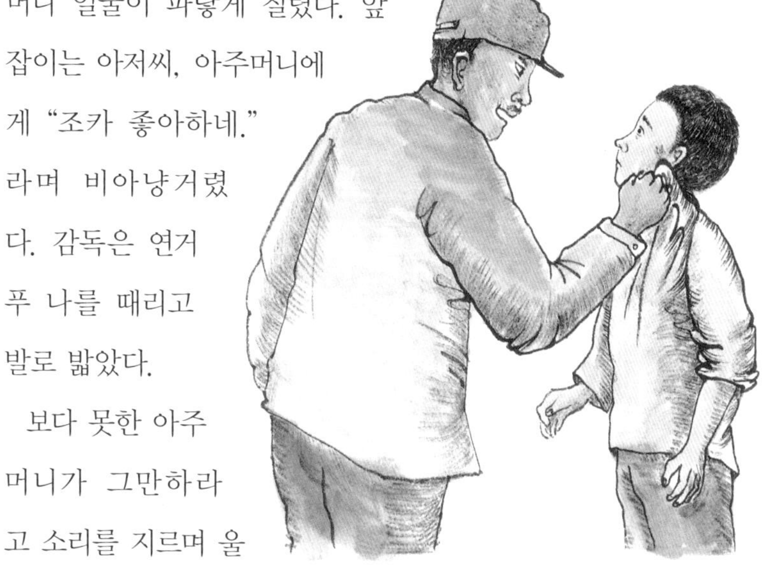

보다 못한 아주머니가 그만하라고 소리를 지르며 울부짖었다. 폭격 때문에 길을 잃은 것이니 용서해 달라고 아저씨가 빌었다. 감독은 아저씨, 아주머니를 쏘아보며 닥치라고 소리쳤다. 아저씨, 아주머니도 무사하지 못할 것을 생각하니 너무나 죄송해서 눈물이 났다.

감독 손아귀에 붙들린 채 질질 끌려 나왔다. 하시마 막장으로 끌려가 죽도록 맞을 걸 생각하니 두렵고 참담했다. 아무런 희망이 없었다. 식당 앞에 대기하고 있던 트럭에 밧줄로 묶인 채 던져졌다.

그 순간 공습경보가 울려 퍼졌다. 폭격 속에서 탈출하던 순간이 떠올랐다. 그런 기적이 다시 한번 일어난다면! 폭탄에 맞아 죽는다 해도 감독의 손아귀를 벗어날 수만 있다면! 내가 바랄 수 있는 희망이란 그렇게 절망적인 것뿐이었다.

감독이 나를 짐칸에 내던지고 황급히 앞차에 올라타자 곧바로 트럭이 움직였다. 하시마 막장으로 끌려간다 생각하니 앞이 캄캄했다. 막장에 들어가기도 전에 맞아서 죽을 수 있다는 생각에 몸이 뻣뻣하게 굳는 것 같았다. 숨이 잘 쉬어지지 않았다. 가서 죽든 도망치다 죽든 매한가지다. 하시마로 가기 전에 도망을 쳐야 했다. 짐칸에는 나밖에 없었다. 그러나 몸이 밧줄에 묶여 꼼짝할 수가 없었다. 경보가 울린 지 한참이 지나도록 별일이 없는 걸 보니 폭탄이 떨어지는 행운 따위는 다시 없을 듯했다.

한참을 달려 트럭이 멈췄다. 하시마로 가는 배가 기다리고 있겠지 생각했다. 그런데 트럭이 멈춰 선 곳은 항구가 아니었다. 감독은 나를 끌어내리더니 녹슨 철문을 열고 어두운 구멍 속으로 거칠게 밀어 넣었다. 도망칠 생각은 꿈에도 말라며 문을 닫아걸었다.

불빛 하나 없는 어둠, 그리고 불쾌한 냄새가 코를 찔렀다. 녹슨 철문 안으로 빈 공간이 있는 걸로 봐서 지은 지 한

참된 방공호 같았다. 허공을 허우적대는데, 뭔가가 발에 걸렸다. 놀라서 누구냐고 소리쳤다. 혹시 짐승은 아닌지, 귀신은 아닌지 두려움에 떨고 있는데 조선말이 들렸다. 알고 보니 징용에서 도망친 조선 사람들이었다. 열 명은 넘는 것 같았다. 나가사키 여기저기서 잡아들인 사람들이었다.

이곳은 탈출한 징용자들의 임시 감옥이었다. 오늘 당장 하시마로 끌려갈 줄 알았는데, 방공호에 가두어 두는 걸 보니 사람 잡아들이는 일이 꽤 바쁘게 돌아가는 모양이었다.

사람들 말로는 바로 며칠 전에 히로시마에서 큰 폭탄이 터져서 기차도 끊기고 전기도 끊겨 감독들이 비상이 걸린 것 같다고 했다. 근래에 식당 근처에서도 부쩍 폭격 소리가 잦기는 했다.

눈이 어둠에 익숙해지자 방공호 안이 어렴풋이 보였다. 꽤나 넓은 방공호 여기저기에 사람들이 널브러져 있었다. 며칠을 방공호에 갇혀 아무것도 먹지 못해 탈진 상태였다. 화장실도 따로 없어서 방공호는 막장과 다름없었다. 나 역시 아침 일찍부터 아무것도 먹지 못하고 내내 긴장한 탓에 서 있을 힘조차 없었다.

감독이 언제 들이닥칠지 모르니 긴장과 불안은 여전했다. 식당에 있는 동안에도 혹시라도 들킬까, 끌려갈까 늘 두려움 속에 지냈다. 언제쯤 맘 편히 살 수 있을까?

앉아 있을 힘도 없어서 몸을 누이니 어제 꾼 꿈이 생각났다. 이렇게 잡히려고 아버지 꿈을 꾸었나? 혹시 아버지에게 무슨 일이 있는 것은 아닐까? 눈은 감고 있었지만 불길한 꿈과 함께 생각은 더욱 또렷해졌다.

나가사키에 핵폭탄이 떨어지다

긴장이 풀리면서 잠깐 잠이 들었다. 거대한 굉음과 땅이 흔들리는 것을 느끼며 놀라서 잠이 깼다. 방공호 벽이 흔들리고 위에서 흙이 떨어져 내렸다. 방공호가 곧 무너져 내릴 것 같았다. 다른 징용자들도 놀라서 일어났다. 몇몇이 열리지 않는 철문을 붙잡고 흔들어 댔다.

폭음과 진동은 멈출 줄 몰랐고, 엄청난 열기가 느껴졌다. 여름에 느끼는 열기와는 비교가 되지 않았다. 방공호 위로 폭탄이 떨어져 화염에 휩싸인 게 틀림없었다. 타 죽을 것만 같은 엄청난 공포심이 일었다. 사람들이 울부짖었다. 방공호 감옥이 순식간에 불지옥으로 변하는 순간이었다.

시간이 얼마나 지났을까? 시간이 흐를수록 더해 가는 열기와 갈증에 다들 바닥에 쓰러졌다. 살려 달라고 외칠 힘도 없었다. 하시마가 아닌 방공호에서 죽는구나 생각하며 정신이 혼미해졌다.

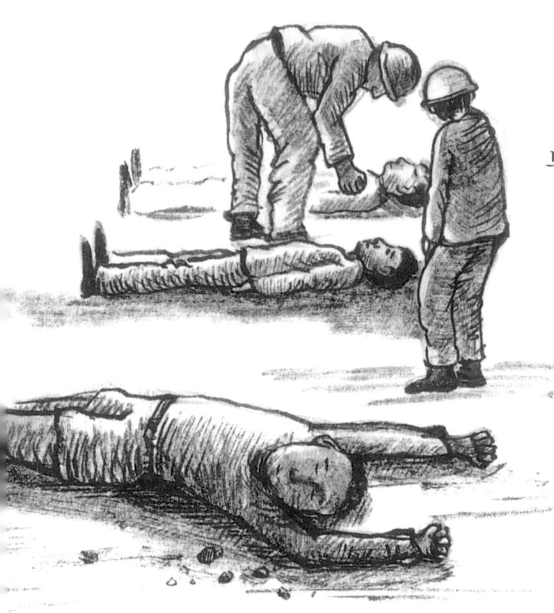

갑자기 누군가 방공호 문을 부수는 소리가 들렸다. 분명히 밖에서 문을 열려고 하는 것 같았다. 있는 힘을 다해 문 쪽으로 기어갔다. 잠시 후 정말로 문이 열렸다. 누군가 일본 말로 누구 있냐고 물었다. 사람 소리가 들리자 방공호 안에 있던 사람들이 살려 달라고 아우성을 쳤다. 누군가는 "물"이라고 외쳤다. 그러자 방공호 밖에 있는 사람들은 자기들끼리 뭐라 하며 그냥 가 버렸다.

가까스로 나온 방공호 밖은 잿더미로 변해 있었다. 어떻게 이렇게까지 온 세상이 새까맣

게 타 버릴 수 있을까? 보면서도 믿지 못할 지경이었다. 참혹하다는 말로는 표현이 안 되는 상태였다. 땅이며 건물이며 사람까지 모조리 다 타 버렸다. 방공호에 있지 않았다면 우리도 잿더미 속에 파묻혔을 것이다. 소름이 돋았다. 어디로 발걸음을 내딛든 잿더미뿐이었다. 생각나는 건 식당뿐. 일단 아저씨, 아주머니를 찾아야 했다.

식당은 흔적도 없이 사라졌다. 아저씨, 아주머니가 식당과 함께 잿더미가 된 것은 아닐까 생각하니 끔찍했다. 일본군 앞잡이에게 끌려갔다면 어딘가에서 무사할 거라 애써 위로를 했다.

방공호에 있던 사람들은 다 어디로 갔는지 사라졌다. 낮이면 발길 닿는 대로 정처 없이 떠돌아다니며 아저씨, 아주머니를 찾았다. 밤이면 방공호로 돌아와 잠을 잤다.

우연히 폭격 피해를 입은 병자를 치료하는 시설을 발견했다. 병원에 수용하지 못하는 환자들을 천막 몇 개 쳐 놓고 임시로 옮겨 둔 것 같았다. 차마 눈 뜨고 볼 수 없는 상태의 환자들을 보니 구역질이 났다. 근처에 환자들을 위한 무료 급식소가 있어서 일본 사람인 척 밥을 얻어먹었다. 가만 보니 조선 사람은 밥은커녕 치료도 해 주지 않았다.

나가사키에 떨어진 폭탄은 미군이 떨어뜨린 핵폭탄이라고 했다. 핵폭탄이 떨어진 곳 근처 사방이 다 타 버려서 병원 건물은 물론이고 의사, 간호사도 많이 목숨을 잃었다고 했다. 일본 사람들 치료만으로도 일손이 모자라니 조선 사람은 아무리 살려 달라고 해도 그냥 지나치는 것이다.

길에는 시체가 즐비했다. 어딜 가나 치우지 않으니 고약한 냄새로 가득했다. 들것을 들고 다니며 시체를 치우는 사람들이 있긴 하지만 이 많은 시체를 언제 다 치울지 모르겠다.

이 난리 통에도 감독이 나를 잡으러 다니진 않을까 싶어 불안했다. 밤이 되어 방공호에 들어오면 외롭고 두려웠다. 하시마에 있는 아버지, 어머니 생각을 하면 눈물이 났다. 시체와 잿더미로 가득한 나가사키에서 앞으로 어떻게 살아야 할지 막막하기만 했다.

사람들 무리가 분주히 움직였다. 시체를 치우고 청소를 하러 나온 사람들 같았다. 모자를 쓰고 얼굴을 천으로 가린 사람이 청소를 지시하는 감독이었다. 일 시키는 감독이라면 지긋지긋해서 나도 모르게 몸을 돌려 도망치듯 자리를 떴다. 감독처럼 보이는 사람이 조센진 어쩌구 하며 소리를 질렀다. 나를 부르는 소리인가 싶어서 뒤도 돌아보지 않고 무작정 도망을 쳤다.

점심때가 되니 너무나 배가 고파서 저절로 무료 급식소로 발길을 향했다. 벌써 길게 줄이 서 있었다. 급식소 근처에 사람들이 모여 앉아 밥을 먹고 있었다. 잽싸게 주위를 보니 감독으로 보이는 사람은 없는 듯했다.

청소부들을 보니 나이 지긋한 아저씨들 사이에 더러는 아주머니들도 있었다. 감독이 조센진이라고 한 건 내가 아니라 청소부들에게 한 말 같았다. 그들도 조선 어디선가에서 끌려온 징용자들인 듯했다. 그 사람들이 모여 앉아 주먹밥을 먹는 모습을 보니 막장 안에서 먹던 도시락 생각이 났다.

순서가 되어 주먹밥을 받아 들고 자리를 찾고 있었다. 일부러 사람 없는 곳에 앉아 주먹밥을 한입 베어 물려는 순간이었다.

"저기, 혹시 근태 아니냐?"

가슴이 철렁했다. 순간 감독이 나를 찾으러 왔나 싶었다. 놀라서 고개를 들어 보니 아주머니 한 분이 서 계셨다. 깡마른 체구에 윤기라곤 찾아볼 수 없는 피부, 볼이 유난히 푹 들어가서 아주머니보다는 할머니 같기도 했다. 머리에 두른 천 때문에 그림자가 져서 얼굴 분간이 어려웠다.

난 대답을 하지 않고 누구냐고 물었다. 그러자 아주머니는 정말 근태냐고, 다시 한번 내 이름을 불렀다. 나도 다시 누구냐고 물었다. "근태야, 근태가 정말 맞느냐?" 하더니 아주머니가 바닥에 주저앉아 내 손을 덥석 잡았다. 그 바람에 주먹밥이 바닥으로 떨어졌다. 난 얼른 주먹밥을 집어 들었다. '대체 누군데 남의 주먹밥을…….' 하고 따지려다 아주머니 얼굴을 다시 봤다. 아주머니 눈에서 눈물이 흘렀다.

"나다, 니 어미. 아이고, 근태야! 근태가 정말 맞느냐?"

어머니? 지금 내 눈앞에 있는 사람이 어머니라고? 믿을 수가 없었다. 아주머니 얼굴을 빤히 쳐다봤다. 하시마에서 마지막으로 보았을 때보다 더 마르고 늙은 모습이었다. 하지만 정말 내 어머니였다. "어머니? 정말 어머니가 맞아요?" 난 얼이 빠져서 되물었다.

서로를 향해 근태가 맞느냐, 내 어머니가 맞느냐를 몇 번이고 물었다. 어떻게 이런 일이 있을까? 믿기지 않았다. 믿을 수가 없었다. 어머니는 같이 있던 무리 쪽을 바라보며 눈치를 살폈다. 감독이 오는지를 보는 것 같았다. 나가사키에 핵폭탄이 떨어지자 하시마의 노무자들을 끌어다 복구 작업을 시킨 것이라고 했다.

어머니는 기침을 심하게 했다. 어머니는 감독이 오기 전에 가야 한다고 했지만, 그럴 수는 없었다. 다시 헤어지면 이젠 정말 영영 만날 수 없을 것 같았다. 난 어머니의 손을 잡고 무작정 달렸다.

무조건 항복

방공호에 와서 우리는 부둥켜안고 한참을 울었다. 우느라 얘기도 제대로 못했다. 아버지가 막장에서 돌아가셨다는 말에 나는 오열했다. 아버지가 나왔던 꿈이 생각났다.

어머니는 엊그제 나가사키로 왔다고 했다. 얼마 전 나가사키 발전소에 폭탄이 떨어져서 하시마에 전기가 끊겨 탄광이 제대로 돌아가지 않았다고 했다. 노무자들이 손을 놓고 있으니 나가사키 원폭 현장에 투입을 시킨 것이었다.

어머니는 기침을 하느라 말을 제대로 하지 못했다. 기침을 하다 피를 토하기도 했다. 원래 건강이 안 좋은데 원자 폭탄 먼지를 많이 들이마신 탓인 듯했다.

어머니와 방공호에 당분간은 숨어 있어야 했다. 아무리 배가 고파도 목이 말라도 버틸 수 있을 때까지 버텨야 했다. 일단 살고 봐야 한다. 무엇보다도 어머니를 만났으니 살아남아야 했다.

그러나 날이 갈수록 어머니 기침이 너무 심해져서 이대로는 안 되겠다 싶었다. 어머니는 나가면 안 된다고 말렸지만, 가만히 숨어 있다간 어머니마저 잃을 것만 같았다.

잔뜩 긴장을 하고 주변을 살피며 급식소를 찾아갔다. 위험할 수 있지만 달리 먹을 것을 구할 방법이 없었다.

그런데 나가사키 시내 분위기가 심상치 않았다. 복구 작업도 없고, 병원이며 급식소며 하던 일을 멈추었다. 일본 말로 급식소 아주머니에게 물으니 이제 곧 일본 천황이 중대 발표를 한단다. 분위기가 이상해서 병원 건물로 급히 갔다. 느릿한 일본 천황의 목소리가 라디오에서 흘러나오고 있었다.

"무조건 항복을 선언합니다."

천황의 말을 다 듣지는 못했지만 분명히 항복이라고 했다.

믿을 수가 없었다. 병원 직원들과 환자들이 웅성거리며 동요했다. 서슬 퍼런 일본이 항복을 하다니, 기쁘기보다는 어리둥절했다. 거리로 나왔다. 일본 헌병들이 말과 사이카를 타고 바삐 어딘가로 가고 있었다. 일본 사람들은 얼굴빛이 변해서 당황하는 것 같았다. 어디에 있다 나왔는지 조선 사람들이 무리를 지어 거리를 활보하는 것이 보였다. 부둥켜안고 만세를 불렀다.

그제야 비로소 일본이 정말 항복을 한 것이 맞구나 싶었다. 그렇지 않고는 나가사키 시내 한복판에서 조선 사람들끼리 부둥켜안고 만세를 부를 일이 뭐가 있겠는가? 조선이 일본에서 해방되는구나, 싶으니 가슴을 꽉 막고 있던 뭔가가 뚫리는 기분이었다. 난 한바탕 소리를 질렀다. 딱히 뭐라고 말하는 것이 아니라 짐승이 포효하듯 그렇게 그냥 소리를 질렀다.

그 길로 어머니에게 달려갔다. 문을 열고 들어가니 불안한 눈빛으로 어머니는 축 늘어져 있었다.

"어머니, 조선이 해방되었어요. 일본이 항복을 했어요!"

어머니와 나는 맘껏 소리를 내며 울고 또 울었다. 그리고 비로소 방공호 밖으로 나왔다. 조선인들이 삼삼오오 모여 대한 독립 만세를 외쳤다. 나와 어머니도 손을 맞잡고 소리 높여 만세를 외쳤다.

나가사키 항구는 조선으로 가려는 사람과 일본으로 오려는 사람으로 북새통이었다. 조선인들을 강제로 끌고 올 때는 언제고, 돌아갈 방법은 마련해 주지 않아서 조선인들은 알아서 배를 구해야 했다.

어머니와 나는 곧장 고향으로 갈 수 없었다. 다시 하시마로 가야 했다. 하시마에 남겨진 아버지의 유골을 갖고 가야만 한다.

그러나 하시마로 가는 일은 쉽지 않았다. 어머니와 함께 왔던 조선인 노무자들 중 하시마에 가족을 남겨 둔 사람들과 함께 하시마로 들어갈 방법을 알아보다가 좋은 정보를 알았다. 하시마에 있는 사람들을 나가사키 항구로 데려오는 배가 있다는 것이었다. 어렵게 손을 써서 그 편을 타고 들어갔다가 유골을 가지고 나가사키 항구로 다시 오기로 했다.

배를 타기 위해서는 돈을 내야 했다. 내게는 아저씨, 아주머니가 준 비상금이 있었다. 언젠가 나를 부르더니 내게 꽤 큰돈을 주셨다. 갑자기 무슨 일이 생길 수 있으니 미리 준다며, 내가 일한 품삯이라고 했다. 언젠가는 내가 일본군 눈을 피해 도망쳐야 할 수도 있다고 생각한 것이다. 나를 거둬 주고 먹여 주고 재워 준 것만으로도 감사한데, 돈까지 챙겨 주셔서 얼마나 감사했는지 모른다. 난 그 돈을 몸 깊숙한 곳에 늘 지니고 다녔다. 하시마로 끌려가서 고문을 당했다면 돈도 다 빼앗겼을 것이다.

깊숙이 숨겨 두었던 비상금을 꺼내 뱃삯을 지불했다. 처음으로 부모님에게 아들 노릇을 하는 것 같아서 뿌듯했다. 새삼 아저씨, 아주머니께 감사했고, 어딘가에 꼭 건강히 살아 계시기만을 바라고 또 바랐다.

내 나라,
내 고향으로

하시마로 가는 배 한쪽에 앉아 있자니 마음이 복잡했다. 꿈에서도 다시 가고 싶지 않은 곳으로 아버지의 유골을 찾으러 가는 심정은 참담하고 슬펐다.

어머니와 함께 하시마에 도착하자마자 절에 가서 아버지의 유골을 찾았다. 다시 만난 아버지가 재로 변해 항아리에 담겨 있는 것을 보니 믿을 수가 없었다. 악몽 속에 있는 것만 같았다. 하시마 자체가 깨고 싶은 꿈, 다시는 떠올리고 싶지 않은 악몽 그 자체였다. 아버지에게 죄송했고 너무나 그리웠다. 항아리를 아무리 쓰다듬어도 아버지의 온기는 느껴지지 않았다. 항아리를 안고 그저 소리 내어 울었다.

어머니와 나는 운이 좋았다. 하시마에 있던 징용자들은 배를 구하지 못해 해방을 맞고도 발이 묶여 있는 사람들이 대부분이었다. 지긋지긋한 막장을 하루라도 빨리 벗어나고 싶은 마음이 절절하게 느껴져 그들에게 죄스러운 마음까지 들

었다.

나가사키에 돌아와서는 고향에 가는 배편을 다시 구해야 했다. 돈이 있어도 배를 구하는 일이 쉽지 않았다. 징용자들을 강제로 데려왔던 연락선 같은 배는 꿈도 꾸지 못했다. 그런 배는 승선표를 구하는 것이 하늘의 별 따기였다. 차라리 고기잡이배를 구해 나가는 편이 빨랐다. 그것도 구하려는 사람이 많으니 쉽지가 않았다.

어머니와 나는 여기저기 수소문을 해서 어렵사리 배를 구할 수 있었다. 터무니없이 비싼 값이었지만 가격을 따지고 있을 때가 아니었다. 남은 돈으로 겨우 뱃삯을 치르고 부산으로 가는 고기잡이배를 타기로 했다.

뱃삯을 치르고 나니 가슴이 벅찼다. 조선으로 돌아간다는 것이 믿기지 않았다. 무사히 갈 수 있을지, 혹시 무슨 변이 생기지 않을지 불안한 마음도 컸다. 어머니의 기침과 각혈이 점점 더 심해져서 하루라도 빨리 고향으로 가야 한다는 조급함이 불안함을 더 부채질했다. 배를 타기로 한 날까지는 열흘 남짓이 남았다. 1년보다 더 긴 열흘이 될 것 같다.

드디어 조선으로 가는 배를 타는 날이다. 긴장이 되어서 한숨도 자지 못했지만, 배 시간을 놓칠까 봐 약속한 시간보다 일찍 부두로 나갔다. 같이 배를 타기로 한 조선 사람들도 우리와 비슷한 심정이었는지 다들 일찍 도착했다. 배가 작아서 하루가 더 걸릴 거라고 선장이 말했다. 조선에 갈 수만 있다면 아무래도 좋았다.

어머니를 모시고 배에 올랐다. 사람들이 가득 배에 올랐다. 발조차 편히 뻗을 수 없어 어머니가 걱정이 되었다. 그러나 배가 부두를 출발하는 순간, 그런 불편함은 문제가 되지 않았다. 가슴이 마구 뛰었다. 조선 사람들은 한마음이 되어 함께 환호성을 지르며 박수를 쳤다. 이젠 정말 고향으로 가는구나!

피부에 닿는 바닷바람이 하시마에서 맞은 바람과 확실히 달랐다. 자유 그 자체였다. 아버지의 유골을 품에 안고 아버지에게 자유의 냄새를 맡게 해 주었다. 뱃전 위로 나는 새가 되어 하늘을 훨훨 나는 기분이었다. 한편으론 기쁘고, 한편으론 서러워서 눈물이 났다.

배는 물살을 가르며 부산을 향했다. 바람에도 파도에도 아랑곳하지 않고 제 길을 가겠다는 듯, 그렇게 내 나라, 내 고향을 향해 나아갔다.

유난히도 화창한 날이었어요. 파란 하늘에 하얀 뭉게구름이 가득했지요. 구불구불한 비포장도로를 한참 오르니 파란 기와가 단정히 오른 작은 집이 나왔어요. 주변이 탁 트였고 나무 위의 새소리만이 가득했지요. 집 앞에 선 누렁이가 오랜만에 만난 손님인지, 처음 보는 저를 반가이 맞아 주었어요.

제가 찾아간 집은 일제 강점기에 일본으로 강제로 끌려갔다 온 홍승후 할아버지 댁이었어요. 할아버지는 이 집에서 나고 자랐어요. 제가 선 이 집에서, 집안의 첫째 아들인 할아버지가 일본으로 강제로 끌려갔다 생각하니 마음이 참 아팠어요.

할아버지는 연세가 많아서 건강이 좋지 않았어요. 귀도 잘 들리지 않았고, 오랫동안 앉아 있을 수가 없어서 자리에 누운 채로 이야기를 나눠야 했지요. 하지만 일본 탄광으로 강제 징용을 갔던 쓰라린 고통은 선명하게 남아 있었어요.

처음 징용으로 끌려가던 때가 기억나시는지요.

"어딘지도 모르는 곳으로 끌려가니 두려웠지. 불안했고. 기차와 배를 갈아타고 가는데, 사람을 짐짝 취급이야. 한 명이라도 더 태우려고 사람들을 욱여넣었어. 못 먹어서 허기진 데다 멀미는 또 얼마나 심했는지, 나중에는 어서 빨리 도착했으면 했어.

그런데 도착한 곳이 바로 지옥이었어. 갑자기 갱부가 되었으니 말도 마. 일도 손에 안 익었는데 쉬지 않고 일만 했어. 지독했어. 정말. 차라리 죽는 게 낫겠다고 생각했다니깐. 그리고 일본인 감독관들에게 어찌나 시달림을 당했던지, 일본이라면 치가 떨려."

그곳에서의 생활에 대해 말씀해 주세요.

"조선 사람은 가장 낮고 후미진 곳에서 쇠창살과 감시탑에 둘러싸여 갇혀 지냈어. 거기서 파도만 높이 치면 섬을 다 덮쳤어. 그러니 우리 숙소는 바닷물이 들이쳐서 축축하고 벼룩이 들끓었지. 중국인 전쟁 포로들도 있었어. 조선인 숙소 정반대편에 두어 서로 힘을 합치지 못하게 했어.

해저 탄광에서 일하는 건 무척 힘드셨을 텐데요.

"해저 탄광이 어땠냐면, 지금도 처음 그곳에 내려가던 게 생각나. 공포 그 자체야. 바닷속으로 한없이 내려가는데, 마치 아래에서 무언가가 날 잡아당기는 것만 같았지. 지금도 그때 생각만 하면 오싹해. 오장육부가 움츠러드는 것 같아.

일본인 갱부들은 천장이 높고 안전한 곳에서 탄을 캤어. 하지만 조선인과 중국인은 비좁고 위험한 막장에서 누운 채로 곡괭이질을 해야 했지. 온몸에 쥐가 났어. 가는 탄가루와 가스 냄새로 숨 쉬는 것도 눈을 뜨는 것도 고역이었지. 막장에 들어가면 할당량을 채우기 전엔 못 나와. 그래서 막장에 들어가는 문을 지옥문이라고 했어."

일본이 일으킨 전쟁에 우리나라 사람들이 억울하게 휘말렸어요.

"일본인들은 늘 우리한테 '이곳은 전쟁터다. 적을 물리치려면 더 열심히 탄을 캐라.'라고 했어. 하지만 탄광에선 그 말이 실감이 안 나. 막장은 세상과 단절된 곳이었으니까. 일본이 벌인 전쟁 때문에 조선인들이 끌려온 거야. 다 전쟁터로 나가 싸우느라 일할 사람이 없으니까. 뭐, 그곳이 우리한테는 매일 목숨을 걸고 싸우는 전쟁터나 다를 바 없긴 했지.

나가사키는 또 다른 지옥이었어. 전쟁의 참혹함과 핵폭탄의 파괴력은 인간이 상상할 수 있는 것 이상이었어. 나가사키는 그때부터 피해자로 언급이 되더군. 징용자들의 고통과 피해는 고스란히 은폐된 채 일본인들이 당한 피해와 고통만 얘기하고 있으니 안타까워. 분해. 정말 억울해."

고통 속에서 하루하루를 보내며 얼마나 고향으로 돌아오고 싶으셨겠어요.

"고향이란 말만 들으면 눈물이 난다네. 그리움이 뼈에 사무쳐서 그런 모양이야. 일본이 항복했다는 소식에 얼마나 울었는지 몰라. 어렵사리 부산으로 가는 배를 탔던 그때를 지금도 잊을 수가 없어. 꿈에 계속 나와. 어떻게 잊겠나? 내 나라, 내 고향을 다시 찾아가는 그 순간을 말일세."

할아버지는 시종일관 느리고 작은 목소리로 말씀하셨어요. 그 목소리에서 고통이 묻어났지요. 깊은 한숨과 일그러지는 표정, 한참 이어지는 침묵이 말로 다 하지 못한 아픔을 전하는 듯했어요.

진실이 잊히지 않게, 역사가 세월에 묻히지 않게 우리가 기억해야 해요. 역사는 시간이 지나도 결코 사라지지 않아요. 후대가 기억하는 한 영원하지요. 일제 강점기의 슬픈 역사, 홍승후 할아버지 같은 강제 징용자들의 고통과 피해를 정확히 알아야 해요.

*이 인터뷰는 2017년 김영숙 작가가 홍승후 할아버지와 나눈 이야기를 재구성한 것입니다.

바다에 떠 있는 도시, 하시마

일본 남단 나가사키항에서 약 18킬로미터 지점에 하시마라는 섬이 있어요. 암초 주위를 매립하여 만든 인공 섬이에요. 멀리서 보면 군함 한 척이 떠 있는 것 같다고 하여 '군함도'라고 불리지요.

하시마는 야구장 두 개 크기의 작은 섬이에요. 이렇게 작은 섬에 콘크리트 건물이 빼곡하게 들어선 이유는 해저 탄광 때문이에요. 해저 탄광의 석탄은 육지의 석탄보다 캐기는 훨씬 어렵지만, 질이 좋은 것으로 유명해서 인기가 좋았어요.

하시마 탄광을 인수한 회사 미쓰비시는 좁은 땅에 최대한 많은 사람을 수용하려고 일본 최초로 7층 아파트를 세웠어요. 1916년에 처음 아파트를 지은 후로 1944년까지 7~10층짜리 아파트가 10여 동 들어섰고, 그 후로도 병원, 학교, 절, 목욕탕, 심지어 슬롯머신과 같은 도박 게임 기구들이 있는 곳(파친코)과 영화관까지 생겼으니, 바다 한가운데 도시 하나가 떠 있었던 셈이지요.

미쓰비시는 하시마 탄광을 포함한 다카시마 탄광과 미쓰비시 조선소로 큰돈을 벌었어요. 나가사키의 미쓰비시 조선소는 일본이 중일 전쟁과 제2차 세계 대전 등의 침략 전쟁을 벌이는 동안 군함 82척과 어뢰 1만 7천 개를 생산한 곳이에요. 일본의 해상 전투력을 상징하는 전함 무사시를 비롯해 진주만 기습 공격에 사용된 어뢰 역시 이곳에서 만들어졌어요.

현재 하시마의 모습. 콘크리트로 만든 고층 아파트들이 보인다.

하시마에 숨겨진 비밀

그런데 미쓰비시의 탄광과 조선소는 일본이 조선을 비롯한 여러 나라의 사람들을 강제로 끌고 간 곳이에요. 이처럼 전쟁 중에 비인도적인 행위를 하는 데 적극 나선 기업을 '전범 기업'이라고 해요.

징용으로 끌려간 사람들은 살인적인 노동과 배고픔, 구타를 견뎌야 했고, 많은 이들이 목숨을 잃었어요. 조선인의 땀과 피로 생산한 석탄과 군수 물자는 일본의 침략 전쟁에 고스란히 바쳐졌지요. 강제 노동에 대한 대가는커녕 징용자와 그 가족에게는 고통뿐이었어요.

조선인 징용자들을 강제 동원한 것은 일본 정부와 미쓰비시의 합작품이었어요. 일본 정부가 법령과 제도를 만들어 징용의 근거를 만들면, 기업은 조선인들을 각 작업장으로 끌고 갔어요. 조선인에게 노동을 강요해서 미쓰비시는 이익을 챙기고 일본은 침략 전쟁을 벌였지요.

1920년대 말 일본은 나라의 경제 상황이 어려워지자, 다른 나라를 침략해 산업에 필요한 자원을 얻으려고 했어요. 일본은 대대적인 군사력과 온갖 무기를 동원해 1937년 중일 전쟁을 일으켰지요.

일본은 예상했던 것과 달리 전쟁이 길어지자 1938년 4월에 조선인을 강제로 동원하는 일을 본격화하는 국민 총동원법을 공표했어요. 전쟁에 전력을 다하기 위해 조선의 인적, 물적 자원을 마음대로 동원하려고 만든 법이지요. 이 법을 식민지 조선에 적용하여 사람들을 강제로 끌고 갔고, 식량과 철, 석탄 등의 자원을 헐값에 가져갔어요.

일본은 제2차 세계 대전 때 이탈리아, 독일과 3국 동맹을 맺고 1941년에 미국을 공격했어요. 이것이 태평양 전쟁이에요. 일본이 승리할 것처럼 보였으나 연합군의 맹렬한 공격에 연거푸 패하며 일본은 1945년 8월 무조건 항복을 선언해요. 이로 인해 끝나지 않았던 중일 전쟁도 끝을 맺고, 우리나라도 해방되지요.

일본은 우리나라 사람들을 왜 강제로 끌고 갔을까?

전쟁은 전쟁터에서 싸우는 병사들로만 이루어지는 게 아니에요. 병사들이 소모하는 군수품을 보급하려면 공업과 운수업에 많은 사람이 필요해요. 이런 사람들을 산업군이라고 하는데, 1명의 병사가 전쟁터에서 싸우기 위해서는 그 뒤에서 12~13명의 산업군이 일을 해야 해요. 그리고 전차 1대를 운영하려면 50여 명의 노동력이 필요하고, 비행기 1대를 운행하려면 100명 정도가 노동을 해야 했지요.

이렇게 많은 노동력이 필요하다 보니, 일본은 자국민만으로는 전쟁을 감당할 수 없었고, 그 대안이 바로 조선이었던 거예요. 조선은 인구도 많고 인구 증가율이 높은 데다, 일하는 사람들의 태도나 성품도 훌

하시마 탄광 시설의 잔재

륭했어요. 일본에게 조선은 당시 2천만 명의 질 좋은 노동력을 공급할 수 있는 식민지였던 거예요.

일본이 전쟁에 열을 올리던 때 하시마 탄광은 석탄을 더 많이 캐내라는 심한 압박을 받았어요. 전쟁 초반에 하시마에 끌려온 조선인 노동자는 탄광 전체 노동자의 3분의 1 정도였는데, 전쟁의 막바지에는 90퍼센트를 넘었어요.

1943년에서 1945년까지 500~800명에 달하는 조선인이 하시마 탄광에서 강제 노동에 시달렸을 것으로 추정하고 있어요. 중국인 전쟁 포로 200여 명도 강제 노역에 동원되었지요. 하시마 옆에 있는 섬인 다카시마 탄광으로 끌려온 사람들의 수까지 합하면 1945년에 약 1,300명의 조선인이 이 지역에 있었다는 기록도 있어요. 무엇보다 가슴 아픈 것은 징용자 중 14~15세의 어린 소년들도 있었다는 것이에요.

폐허가 된 사무실 건물(왼쪽)과 2번 광산 부두(오른쪽). 뒷쪽으로 등대와 물탱크가 보인다.

지옥의 섬, 하시마

하시마 해저 탄광은 말 그대로 생지옥이었어요. 일본인들은 천장도 높고 비교적 안전한 곳에서 일했지만, 조선인들은 높이가 50~60센티미터밖에 안 되는 좁은 막장에서 거의 누운 채로 하루 10시간 이상 석탄을 캐야 했지요. 10분 정도만 지나도 금방 하반신에 쥐가 나고 등뼈가 변형될 만큼 고된 노동의 연속이었어요.

갱 안은 온도가 높아서 땀이 비 오듯 흘렀어요. 작업복은커녕 팬티 한 장 달랑 걸치고 일했지요. 갈증이 심했지만 갱 안의 지하수는 배설물로 오염되어 마실 수 없었어요. 갈증을 참지 못해 지하수를 마시면 탈이 나거나 전염병으로 이어지기도 했어요. 천장에서 쏟아지는 지하수는 염분이 많아 피부가 짓무르고 물이 차가워서 계속 맞으면 감기나 폐렴으로 이어지기도 했어요.

하시마에서는 극심한 차별과 모진 고문도 일상이었어요. '본보기'를 보이기 위해 광장에서 조선인들을 가죽 허리띠로 때리고, 의식을 잃으면 바닷물을 퍼붓고 지하실에 집어넣었다가 다시 일을 시켰어요.

하시마로 끌려온 조선인들은 고통과 두려움 속에서 살았어요. 편지를 써도 검열을 받아서 고향으로 전해지지 않고, 월급도 받지 못했어요. 하시마는 결코 벗어날 수 없는 감옥이자 생지옥이었어요.

세계 문화유산이 된 하시마

일본은 하시마와 미쓰비시 조선소 시설들을 '비 서구 지역에서 최초로 성공한 산업 혁명 유산'이라는 이유로 유네스코 세계 문화유산으로 신청했고, 유네스코는 2015년에 이를 받아들였어요. 하시마와 미쓰비시 조선소는 역사적 과오는 감춘 채, 일본의 근대화의 주춧돌로 포장된 거예요.

일본은 징용자들에게 노동을 강요하지 않았다고 발뺌을 하고 있어요. 그리고 하시마를 세계 문화유산으로 등재할 때, 그 역사적 시기를 1910년까지로 한정했어요. 1910년 전에는 하시마로 강제 징용이 활발히 이루어지지 않았어요. 이는 일본이 강제 징용에 대한 해명을 교묘히 피해 가려는 의도예요. 하시마가 근대 산업 유산이라며 자랑하는 아파트, 학교, 병원, 목욕탕 따위의 시설들은 죄다 1910년 이후에 만들어진 것들인데 말이에요. 앞뒤가 맞지 않는 논리로 세계 문화유산 등재를 신청한 일본이나 그것을 받아들인 유네스코나 지금까지도 많은 논란이 있을 수밖에 없는 부분이에요.

1930년 무렵 하시마의 아파트들

유네스코는 인류사에 지울 수 없는 상처를 남긴 세계 대전을 반성하고 세계 평화를 유지하기 위한 국제기구예요. 그런 곳에서 제2차 세계 대전에 참여했던 일본 전범 기업의 시설물과 다른 나라의 사람들을 강제로 끌고 와 노동력을 착취하며 인권을 유린한 현장을 세계 문화유산으로 등재시켰어요.

물론 유네스코 세계 문화유산은 부끄러운 역사도 기억하고 반성해야 한다는 의미로 부정적인 역사도 세계 유산으로 지정해 보존하고 있어요. 유대인들의 죽음의 수용소였던 독일 아우슈비츠 수용소처럼요. 하지만 독일은 자신들이 저지른 잘못을 낱낱이 밝히고, 반성하고, 사죄했어요. 역사적인 사실을 인정했지요. 그런 독일과 달리 일본은 자신들이 하시마에서 저지른 잘못에 대해 인정도, 반성도 하지 않고 있어요. 일본은 하시마 강제 징용 노동자들에 대한 과오를 인정하고, 사죄해야 해요.

우리나라 사람 가운데에도 하시마의 실상을 정확히 아는 사람이 많지 않아요. 이곳이 조선인 강제 징용의 현장이라는 것을 모르는 사람이 많지요. 우리가 일본에 가장 큰 피해를 입었던 일제 강점기의 실상은 잘 모르는 거예요.

역사를 알아야 바른 목소리를 낼 수 있다는 것을 기억해야 해요.